一笑

古龍自署

國際學術研討會

古龍武俠小說 領先時代半世紀

【記者賴素鈴／報導】江湖代有才人出，這廂古龍凋零二十載，那廂今朝懸賞百萬獎新秀，浪淘不盡，唯有武俠熱愛，不隨時間變易，在學術研討會上更見分明。以「一代鬼才：古龍與武俠小說」爲主題，淡江大學第九屆文學與美學國際學術研討會昨起在國家圖書館，展開爲期兩天的議程，紀念武俠小說家古龍逝世二十周年，新生代學者與古龍故舊齊聚一堂，以文論劍話武俠。

日前與淡大中文系教授林保淳共同發表《台灣武俠小說發展史》，武俠小說評論家葉洪生昨天在專題演講中，直批胡適1959年底發表「武俠小說下流論」是「胡說」，學界泰斗的不當發言以及隨即展開的「暴雨專案」，反而促成1960年起台灣武俠新秀的繁興，「武俠小說迷人的地方，恰恰在門道之上。」，葉洪生認定，武俠小說審美四原則在文筆、意構、雜學、原創性，他強調：「武俠小說，是一種『上流美』。」

集多年心血完成《台灣武俠小說發展史》，葉洪生認爲他已爲從十歲起迷上武俠小說的半世紀畫上完美句點，並且宣布他「以後決心退出武俠論壇，封劍退隱江湖」。

雖然葉洪生回顧武俠小說名家此起彼落，套太史公名言「固一世之雄也，而今安在哉？」，認爲這是值得深思的嚴肅課題，昨天意外現身研討會而備受矚目的溫世禮，則爲了紀念同是武俠迷的哥哥溫世仁，推出第一屆「溫世仁武俠小說百萬大賞」，即日起至今年10月3日截止收件，經兩階段評選後於明年12月7日公布首獎得主，預料將會是一場武林新秀的龍虎爭霸戰。

看明日誰領風騷？風雲時代出版社發行人陳曉林眼中的古龍，其實領先他的時代半世紀，以致如今雖然古龍逝世20年，陳曉林認爲大家對古龍的了解仍然有限，預言未來世代更能和古龍的後設風格共鳴。

昨天這場研討會，也凸顯武俠小說作爲一項文學研究門類，仍有待開發學習空間。多位與會者都指出，武俠小說的發表、出版方式和管道具考證難度，學術理論與論文格式的建立待加強。而武俠名家的版權之爭、市場競爭力，也增加出版推廣困難，古龍武俠小說的版權糾紛、司馬翎作品的版權官司也成爲研討會的場外話題。

與

武俠小說

第九屆文學與美

古龍兄為人慷慨豪邁，跌蕩自如，變化多端，文如其人，且復多奇氣，惜英年早逝，余與古兄當年交好，且喜讀其書，今既不見其人，又無新作可讀，深自惋惜。

金庸

一九九六、十、十一、香港

楚留香新傳

（六）

午夜蘭花

【導讀推薦】一部非常獨特的作品

——《楚留香新傳：午夜蘭花》導讀

著名文化評論家、《新新聞》總主筆
南方朔

古龍的小說裡，《午夜蘭花》是最讓人惋惜的一部，既惋惜一個傑出作家命運的多乖，又慨歎他創作生涯另一個高峰的不再。

《午夜蘭花》的寫作時間，乃是古龍生命歷程漸趨暗淡的時刻。當時的港台、北美及東南亞華人社會，早已隨著《流星·蝴蝶·劍》的電影，以及《楚留香》電視劇，而出現「古龍熱」及「楚留香熱」，但就在大家爭相搶用「楚留香」這個符號時，卻都未徵詢過古龍這個原創者的同意，因而使得他爲了收益受損而暗自生氣。其次，則是當時發生了報紙喧騰的「吟松閣風波」，古龍被砍一刀，受傷極重，身體大受影響。再加上，他的妻子和情人都相繼離他而去，他自己拍攝的電影《劍神一笑》和《再世英雄》也都賣座不佳。而更重要的，則是他體力與心情兩不佳，卻仍好酒如故，因而有了酒精中毒之跡象。在這樣的時刻裡，他執筆再寫楚留香，儘管有心再求突破，但客觀條件卻已不可能，於是遂留下了這部令人惋惜但卻也高度實驗性之作。

《午夜蘭花》以「楚留香死了」做爲主題，其原因不難理解。自「楚留香熱」出現後，人人竊用借用「楚留香」這個符號，似乎鄭少秋也儼然被認爲生來就是楚留香，而忘了古龍才是「楚留香」這個虛構人物的發明者。於是，在這種鬱鬱的心情下，古龍遂以「楚留香死了」當做《午夜蘭花》的主題，用以顯示他才是「楚留香」的主宰，只有他可以任意處置這個符號，包括它的生或死。

但他當然不會讓楚留香真的死掉。這只是古龍的一種寓意。他用這樣的寓意寫《午夜蘭花》，並在《午夜蘭花》裡顛覆楚留香系列故事裡原有那些角色。於是《午夜蘭花》遂成了一部非常獨特的小說：

它是一本以楚留香爲主角的小說，但從頭到尾，楚留香只出場很短的時間，其實只不過是個配角。

胡鐵花以往都是窮噹噹的浪子，但現在卻變成了富可敵國的鉅商。除了只在一個場景和楚留香出現過一次之外，即再也沒有露過臉。

一向溫柔討喜的蘇蓉蓉，在《午夜蘭花》裡被暗示性的描寫成書裡的頭號陰謀家，冷面無情，機關算盡。

楚留香的紅粉知己，如蘇蓉蓉、李紅袖，每一個又都再造了一個同質但角色相反的親友，變成一種鏡像的配對。

因此，《午夜蘭花》可以說乃是一部打著楚留香旗號，事實上則是顛覆掉原有楚留香故事的大膽嘗試。由古龍寫出這樣的作品，已不難看出他對整個「楚留香」的愛恨交織了。他是要寫一本這樣的小說，來向那些在「楚留香熱」裡占盡好處的人開一個大玩笑。他要證明，造神的是他，能夠毀神的也是他。他能替楚留香造出留下鬱金香味這種形象，他也能在《午夜蘭花》裡另造一個人有蘭花香！

因此，《午夜蘭花》乃是古龍對自己創造出來的角色之顛覆，也是一種他對自己作品的「戲擬」。古龍在無意中已碰觸到了當代文學寫作裡的一個有趣課題。

《午夜蘭花》的故事是這樣的：江湖傳言楚留香已經死了，但有一個小說裡並未講明，然而讀者卻可以看出乃是蘇蓉蓉喬扮的陰謀家蒙面客，他並不相信這種傳言，於是，他遂設計了一場大陰謀，以幾個楚留香必然要挺身來相救的人出來演一場大血鬥，欲將楚留香誘出而後伺機殺害。最後，這個陰謀卻被楚留香識破，此書中並未交代清楚的方式解決。

坦白而論，《午夜蘭花》以這樣的故事爲其架構，的確有點荒唐離譜，因而讀來異常吃力，也反襯出古龍寫作這本小說時的吃力。除了故事本身太過虛構之外，故事裡許多角色的安排也都刀斧味太重，缺乏了他以往作品裡那種渾然天成的才氣。整部作品予人的感覺，乃是它從主題設定開始，即破綻頻露，並且枝蔓葉亂，顯示出當時的古龍已無法駕御整個故事的進行。正因無法駕御，小說到了最後，遂只得以一種不算結尾的方式結束，讓讀者滿頭霧水。

《午夜蘭花》可以說失敗了。古龍作爲一代武俠小說奇才，替武俠小說開闢出了一片新天新地，但到了晚期卻出現這樣的作品，怎不使人感傷。

不過，儘管這本小說難謂成功，但閱讀《午夜蘭花》卻也可發現：它其實也充滿了許多可貴的實驗性。除了前述的自我顛覆與自我戲擬外，最值得討論的，乃是小說裡敍述主體的問題。

古龍的小說從他早期作品開始，其敍述就和一般武俠小說有異。其他作家一般均信守傳統那種第三人稱的敍述方式，但古龍卻喜歡在字裡行間讓作者也插入講話，讓作者做故事及角色的提示與注解。這種敍述方式，在《午夜蘭花》裡更進一層，除了這種客觀夾雜主觀的敍述方式外，作者自己的旁白也更加擴大，甚至還加上一老一小、兩個後來的人以未來者的身分對故事加以批評、討論或解釋。整部小說就在這種「多重敍述」的方式下推進，而小說裡的時間也就因此而現在與未來交錯，故事的動機、表象、評斷等也一併同時被顯現，武俠小說不曾有人以如此的方式被人寫過。古龍在這本小說裡做了首次演練，某些段落因而變得很有一點「後設」的況味。

問題是這種「多重敍述」的寫作方式乃是複雜度較高，難度亦較大的技巧。稍有處理欠佳，反而形同作者隨時在對讀者做著打斷與干擾。《午夜蘭花》的情節本身即已相當蕪蔓，再加上這些由於敍述方式的複雜而造成的干擾，使得這本作品更顯得混亂，並予人作者對小說已失控的印象。

《午夜蘭花》是一部無論旨趣和技巧都值得探討的作品；也是一部作者本身的意志太強，

時時無法忘記自己而要向讀者提醒他的存在的作品。這部作品有顛覆、戲擬、多重敍述等純文字技巧的展示。它是古龍被「楚留香熱」刺痛後所激發的求變之作，可惜的是此時的古龍無論體力和創造力都已不足以承擔求變的企圖，才使得人們對這部小說充滿了惋惜。古龍的嘗試，讓人想到發生在米蘭・昆德拉身上的類似故事。

米蘭・昆德拉自從因爲《生命中不能承受之輕》而聲譽鵲起後，這本小說立即被改編成電影。但該電影卻無疑的是一部欠佳的電影，它絲毫也沒有掌握到原著的深刻內涵，於是米蘭・昆德拉在受刺激之餘，遂決定寫一部無法被改編爲電影的小說，這本小說即是《不朽》。它刻意揚棄情節故事，而將小說變成是一種論述及雜想。它當然不能改編成電影，但就在這種刻意拒絕被改編的心情下寫作，它最後固然達成了目標，但卻也一不小心，甚至連讀者也被拒絕掉了。

《午夜蘭花》令人惋惜，但儘管如此，它卻也等於是替武俠小說打開了一扇窗口。它顯示，人們不僅可以用研究經典小說那樣的方法來研究作品與作者，而武俠作品也應當可以用比較前衛的方式來寫作，甚至也不妨用非常後設的方式。《午夜蘭花》已接近這道門坎，只是它的作者因爲健康及環境的問題，使他無法從這個門坎跨出去。否則，以其才情，誰又知道他不會再替武俠小說再創一個典型？

古龍的小說，最大的特點，乃是他的想像力異常獨特，不僅題材奇特，武術與兵器更是經常匪夷所思。這種特點在《午夜蘭花》裡更發展到另一種程度，例如殺手可以躲藏在馬桶裡，可以躲藏在火焰裡，烏金絲所做的兵器使人變得像蜘蛛一樣可以虛懸在半空中，甚至還跑出來一個專割人頭的小孩。這是想像力的更進一步了，或是想像力的走火入魔？我可不敢說。然而有一點可以肯定的。那就是《午夜蘭花》這部作品，從未來的角度看，必將被後來的研究者認為是古龍晚期最重要的一本著作，可以藉著這本小說的主題、結構以及散發出來的資訊，推測他的心情、企圖與限制。

創作者的一切都是有意義的，就意義的角度而言，《午夜蘭花》的重要性還超過其他作品！

古龍精品集36

楚留香新傳（六）午夜蘭花

目・錄

第一部

盲者

——這個賣藥的郎中用一根白色的明杖點路，走入了這個安靜平和的小鎮，然後就開始敲起他那面小小的銅鑼，卻不知……

一 鐵大爺

一

風在呼嘯。

風是從西面吹來的，嘯聲如鬼卒揮鞭，抽冷了歸人的心，也抽散了過客的魂魄。

幸好這裡沒有歸人，也沒有過客。

這裡什麼都沒有。

街道上沒有驢馬車轎，店舖裡沒有生意往來，爐灶中沒有燃薪火炭，鍋鑊裡沒有菜米魚肉，閨房間也沒有呢喃燕語和脂粉刨花油香。

因爲這裡已經沒有人，連一個活著的人都沒有。

一片死寂。

不知道在什麼時候，風忽然停了，死寂的長街上，卻忽然有一條白犬拖著尾巴走上了這條鋪著雲散青石板的長街。

有人在犬後。

有一盲人。

二

這個盲者穿一身已經洗得發白又被風沙染黃的青布花裳，用一根白色已變灰的明杖點路，點上了青石板，「篤」的一聲響，點上了黃土路，悶悶的「卜」的一聲。

風又來了。

招牌在風中搖曳，招上的鐵環與吊鉤摩擦，擊音如拉鋸，令人牙根發酸。白犬在吠叫，吠聲嘶啞，破碎的窗紙被風吹得就好像痛苦與喘息。

盲者已經敲起了他那面招徠客人的小銅鑼，鑼聲清脆，卻又忽然停止。

——那些讓人愉快的聲音到哪裡去了？

——那些店舖裡的夥計正和婦女老媼討價還價的聲音，刀杓子在鍋子裡翻炒烹炸的聲音，媽媽打小孩屁股的聲音，小孩的哭聲，小姑娘吃吃地笑聲，骰子擲在碗裡的聲音，醉漢的笑聲，酒樓上那些假冒江南歌語唱小調的聲音。

那些又好玩、又熱鬧的聲音到哪裡去了？

鑼聲停，犬吠聲也停頓。

盲者的手垂下，他手裡的輕鑼小鎚，忽然間就好像變得有千斤重，心裡忽然也有了一種說不出的恐怖。

因爲他不知道！

他以前到過這裡，可是他不知道這個平常很繁榮的小鎮，已經因爲某一種神秘的原因，忽然間變成了一個死鎮。

不知道，豈非正是人們所以會恐懼的最重要的原因之一。

他停下來，他的狗前爪抓地，身子卻在往後縮。

沒有人，街上沒有人，屋裡也沒有人，前前後後裡裡外外都沒有人，沒有人就應該沒有危險，因爲這個世界上最危險的就是人。

這個世界上，還有什麼動物殺人比「人」殺得更多？

於是盲者又開始往前走，甚至又開始敲響了他那面小小銅鑼。

過了一下子，他的狗也開始往前走，這一次牠是跟在牠的主人後面往前走了。

——狗就是狗。

三

這個本來十分繁榮而且相當安詳平和的小鎮，怎麼會忽然變成一個杳無人跡的死鎮？

盲者當然會覺得奇怪。

可是他如果能看得見，他一定會覺得更奇怪。

因爲這個小鎮雖然荒廢死寂無人，但卻還是很「新鮮乾淨」的，屋角裡並沒有蛛網，鐵器也沒有生鏽，燈中的油沒有枯，剩下的衣物被褥也沒有發霉，甚至連桌椅上的積塵都不多。

——這裡的居民，難道是在一夜間倉皇遷走的？

——他們爲什麼要如此倉卒遷移？

盲者輕輕敲鑼，緩緩前行。

風在吹，暮雲低垂，人影瘦如削竹。天地間一片暗淡，淡如水墨。

忽然間，有聲音從遠處響起來了。

是馬蹄聲，輕輕地，慢慢地，簡直就好像盲者的明杖敲在地上的聲音一樣，雖然並不十分悠閒，但卻十分謹慎小心。

來的當然絕不是歸人，也不是過客。

——歸人的歸心似箭，只恨不得能早一點回到父母妻子兒女的溫情裡，過客趕路心急，怎麼會如此從容？

這種蹄聲，本來只有在春秋佳日、名山勝水間才能聽得見。

此時此地，時非佳時，地非勝地，忽然有這麼樣一陣蹄聲傳來，而且來的不止一騎一人，甚至不止十騎十人。

來的是誰？爲什麼來？

盲者慢慢地往後退，他的狗也跟著他慢慢地往後退，退入了一個陰暗的屋簷下。

他已經聽出來的人最少在三十騎之上，甚至可能超過五十騎。

因爲他的耳朵一向很靈，因爲他是盲人，如果一個人的眼睛看不見，豈非只有用心用耳朵去聽？

四

來的人果然有五十騎，五十一騎。

五十一騎快馬，名種，純種，快，快而經久，千中選一，價如純銀。

如果說牠們是「日行千里」的快馬，也不能算太誇張。

可是現在牠們卻走得很慢。

五十一騎快馬上，五十一條男子漢，有高有矮有胖有瘦有老有少，可是其中最少有五十個人有某幾種共同的特點。

——他們都非常精壯勇猛驃悍，他們都曾身經百戰，本來都應該非常冷靜沉著，可是現在卻又全都顯得非常急切焦躁不安。

他們在這種情緒下，本來應該打馬飛馳，馬累死，人累死，都沒關係。

馬是健馬，人是好漢，能多快，就有多快。

可是他們爲什麼這麼慢？

五十一騎，五十個人，他們這麼慢，是不是因為另外那個人？

不是的。

另外那個第五十一個人，他的精氣，他的體魄，他的神采，他的兇悍，從他身上所透露出的那各種力量，都不是另外五十個人所能比得上的。

就算那五十個人加起來也比不上他一個。

因為他就是西南道上所有英豪俠客的支柱，坐鎮在長安的鐵大爺。

——鐵大爺沒有別的名字，他就姓鐵，他的名字就叫鐵大爺。

五

——鐵大爺身高七尺九寸半，體重一百三十九斤，據說他最寵愛的女人羊玉曾經要求他為她做一件事。

她要他脫光衣服運一運力，讓她數一數他身上能夠凸起的肌肉有多少條？

三百八十七條。

羊玉告訴她的閨中密友：「真的有三百八十七條，一條都不少，每一條都硬得像鐵一樣。」

鐵大爺的金鐘罩、鐵布衫、十三太保橫練的硬功夫，是天下聞名的。

他的愛妾羊玉溫柔如羊，潤滑如玉，也沒有人不知道。

只可惜這位羊姑娘的閨中密友，並不是一位像她一樣溫柔的大姑娘，而是個溫柔的小男人。

——在某些方面來說，外門硬功無敵的男子漢，是絕對比不上一個溫溫柔柔的小男人的。

鐵大爺當然絕不溫柔。

他的脾氣暴躁，性如烈火，從來也沒有等過任何人，現在他看起來遠比他的隨從們更焦急，他的馬也更快，可是他也在慢慢地走。

爲什麼呢？性烈如火的鐵大爺，是幾時學會忍耐的？怎麼會變得如此遷就別人？

因爲一頂轎子。

在這五十一騎快馬間，居然有四個精赤著上身，穿著繡花撒腳褲的俊美少年，用一種舞蹈般的步伐，抬著一頂轎子，走在鐵大爺的鐵騎邊。

轎子在這個小鎭最豪華的「四海酒樓」前停下，鐵大爺立刻弓身下馬，另外五十騎上的騎士，幾乎也在同一時間中用同一姿態下馬來。

抬轎的少年放下轎桿，打起轎簾，過了很久轎子裡才慢慢地伸出一隻手，搭上了這個少年的臂。

這隻手修長柔美潔白，指甲修剪得非常仔細，皮膚光滑如少女，搭在這少年黝黑結實粗壯的手臂上，顯得更刺眼。

這隻手無疑是個少女的手，手上還戴著三個鑲工極細緻的寶石戒指，每一個戒指的價值至少都在千兩以上。

這個女孩當然是鐵大爺的愛寵，所以他才會等她，所以她才戴得起這種戒指。

令人想不到的是，從轎子裡走出來的，卻是個已經老得快死了的小老頭。

一個穿一件翠綵緞子上繡滿了白絲小兔長衫的小老頭。

一個無論誰看見都會覺得噁心得要命的小老頭，可是他那一雙瞇瞇的小眼裡，就像是有一雙刀。

他的人還在轎子裡，這雙刀已經盯在瞎子的身上。

六

盲者已經蹲了下來，蹲在陰暗的屋簷下，就好像一個縮入了殼中的蝸牛，以爲他看不見別人，別人也就看不見他，可是這個穿一件繡花長袍的老人已經走到他面前了，如刀雙眼，眼光已經盯在他的臉上。

老人的腳步輕如兔，盲者的眼睛瞎如蝙蝠，可是他的狗已經全身綳緊如弓弦。

盲者，不知道。

他看不見四下的殺機，看不見老人的刀眼，也沒有聽見那狡兔般的腳步聲。

老人盯著他，很久之後才慢慢地回頭，鐵大爺就在他回頭處。

他沒有說話，可是他的眼卻在問：「是殺？還是不殺？」

其實他根本用不著問的，「寧可錯殺一百，不可放掉一個」，「殺」，應該是唯一的答覆。只要一個很簡單的手勢，這個盲者就已被亂刀分屍。

生命是如此可貴，為什麼又會常常變得如此卑賤？

七

日落、黃昏，暮色漸深，夜色已臨。盲者已經走在另一個市鎮的一條小巷裡，小巷深處，依稀彷彿可以聽見一聲聲木魚聲，就好像盲者手裡明杖點地聲一樣空虛單調而寂寞。

寂寞又何妨？只有活著的人才會覺得寂寞，只有活著的人才會有這種總是會令人冷入血液骨髓感覺，那至少總比什麼感覺都沒有的好。

盲者居然還沒有死，他自己也在奇怪，那些人為什麼沒有殺他？

小巷盡頭處，有一扇門，窄門。盲者敲這扇窄門，敲一下，停，然後再敲四下，三快一慢，停，然後再兩下，盡量要把這七次敲門聲中，充塞入一種很奇怪而有趣的節奏感。

於是窄門開了。

來開門的人，是個天生就好像是爲了來開這種門的人，窄窄的門，窄窄的人，提一盞昏昏沉沉的燈籠，平常得很，可是在平常中卻又偏偏顯得有點神秘兮兮的樣子。

窄門裡是個已經荒廢了的庭園，荒草沒徑，花木又枯，一位頭白如霜腰彎如弓的老太太，獨坐在屋簷下用通草結一朵花。

假花。小小的白色假花。

花未結成，就是死的。

大屋、高簷、長廊、孤燈、老嫗，古老的宅院，冷冷地夜色，遠處的風聲如棄婦夜泣。

盲者停下，向老嫗屈身致意。

「三嬸，你好。」

「我好、我好，你也好、你也好。」老太太乾乾的臉上露出了難見的微笑：「我們大家都好，還都活著，怎麼會不好？」

說到這裡的時候，她剛好結成一朵花，雖然蒼白無顏色，但卻很精緻、很好看。

看到她自己結成的這朵花，老太太臉上的微笑忽然僵死，就好像一個最怕蛇的人，忽然看到自己手裡有一條蛇一樣。

——這不是蛇，是一朵白色的菊花。

——看到自己結的一朵假花，這位老太太爲什麼會變得如此恐懼？

盲者看不見她這種突然的變化，只問：「侄少爺呢？」

「他也不錯，他也很好，」老太太再次露出笑容：「看樣子他最近也死不了的。」

「那就好極了，」盲者臉上也有笑：「我能不能進去看看他？」

「能、能，」老太太說：「你進去，他本來就在等你。」

盲者踏上級級苔痕濃綠的石階，走上長廊，白色的明杖點著舊的地板，「篤、篤、篤」，從老婦的身邊繞過去，走入了一扇門。

他聽見老太太一直不停地在咳嗽喘息，卻看不見她忽然開始在流淚。

眼淚滴在花瓣上，晶瑩如露珠。

——無論是老嫗的淚，還是少女的淚，都同樣清純晶瑩。

——眼淚就是眼淚，眼淚都是一樣的，可是這個看來心死已久的老婦人，爲什麼會忽然爲一朵假花流淚呢？

八

這間房是非常陳舊的，應該到處都可以看得見蛛網積塵蟲鼠，可是這間屋子，卻被洗得像是條剛被一個勤快的婦人從胰子水裡提出來的床單那麼乾淨。甚至連鋪地的槐木板，都已經被洗得發白。

可是屋子裡什麼都沒有，桌椅擺設傢俱字畫杯盞，別的屋子裡應該都有的，這裡全都沒有。

這間屋裡只有一盞燈，一張榻，三個人。

三個人裡有兩個是站著的，這兩人穿著一身直統統的藍布長袍子，直蓋到腳面，袖子也長得可以蓋住手，甚至連臉上都罩著個藍布套子，除了一雙眼睛外，別的地方全都看不見。

可是一個明眼人只要看她們的體態和行動，還是可以看得出她們都是很細心的少女。

另外一個人斜倚在軟榻上，是個非常清秀，非常年輕的男人，有兩條非常濃的眉，和一雙大眼，清澈明亮得就好像天山絕頂上那個大湖一樣，眼神裡還充滿了一種飛揚歡悅的神采，看起來又好像是個剛贏得獵鹿大賽的牧野健兒。

年輕的生命，飛揚的神采，充沛的活力，無比的信心，異常出眾的外貌，富可敵國的家世，可是……。

盲者走進來，向少年致敬意，少年不還禮只露齒而笑。

只笑，雖然不還禮，可是笑容溫良。

「十叔，你去過了?有沒有看見那個大塊頭?」少年的聲音不但溫良而且爽朗。「那個大塊頭有沒有看見你?」

盲者微笑。

「鐵大爺又不是瞎子，怎麼會看不見我?」

「可是，就算他看見你，一定也好像沒看見一樣，因爲他根本看不出你是誰。」少年用一種非常興奮的神態問盲者：「對不對？」

「對。」

少年大笑。「那些有眼無珠的王八蛋，怎麼會認得出你這個瞎子，就是柳先生？」

盲者也笑了。

「你不能怪他們，我裝瞎子的本事，一向是第一流的。」盲者說。

「就算你裝得不像，他們也想不到的。」少年說：「天下第一眼，『明察秋毫』柳明秋柳先生，怎麼會是個瞎子，誰想得到？」

他的眼神忽然黯淡，淡如秋之晨月。「天下有很多事都是這個樣子的，譬如說，又有誰能想得到當代四公子中的江南慕容，居然會……」

江西熊，吃不窮，喝不窮。

江南慕容，玲瓏百變無窮。

關東怒，一怒之下，屍橫無數，再怒之下，屍橫四處。

江東一柳，劍法風流無敵手。

這位江南第一名公子，並沒有說完他要說的這句話，他的表情忽然又改變了，忽然又問盲者：「那個大塊頭是不是還和以前一樣？身邊總是帶著一大票中看不中用的小伙子？」

「這一次好像有一點不同。」不盲的盲者說：「這一次他帶去的人，至少有二十七個有用的，而且非常有用。」

「非常有用？」慕容公子問：「多麼有用？」

柳明秋回答：「公子雖然是江南人，想必也應該知道，在湖廣閩粵的名公巨卿府邸中，有一個最出名的戲班子，叫做『弄玉』班。」

「我知道。」慕容笑了：「我早就聽說過了。」

他笑得好像有點不太正常，不懷好意，因爲這個「弄玉班」就是這樣子的，希望有錢的公子哥兒對他們不懷好意。

他們都是從四、五歲的時候就進了「弄玉班」，從小就要接受極嚴格的訓練，能歌能舞能酒能彈，不但多才多藝，而且善解人意。

「其實他們真正精通的，並不是這些事。」柳明秋說。

「不是這些事是什麼事？」

「是殺人。」柳先生說：「要怎麼樣才能在最適當的時候，把握著最有利的機會，用最快速有效的方法殺人，而且要在殺人後全身而退。」他說：「這才是弄玉班那些漂亮的男優們，受訓的最終目的。」

「難道那些可愛的小男孩都是可怕的殺手？」慕容公子問。

「是的。」柳先生說：「殺人的代價是不是通常都要比取悅別人的代價高得多？」

「是的，」慕容不能不承認：「一般說來，通常都是這樣子的。」

「所以他們明爲優娼，其實卻從小就要接受非常嚴格殘酷的殺人訓練。」柳先生說：「經過十年到十二年這種訓練後，他們每個人都被訓練成一個非常有效的殺人者。」

「有沒有人不能接受呢？」

「有。」柳明秋說：「不能接受，就要被淘汰。」

「被淘汰的，就只有死？」

「是的。」

柳明秋說：「經過每年一次的淘汰之後，剩下來的人已經不多了。這些人每一個都冷酷無情，都有毒蛇般的靈動狡黠，狐一般的奸猾，駱駝般的忍耐，而且都精於縮骨、易容、狙擊、突擊、刺殺，尤其是其中一部份叫『絲』的人。」

「絲？」公子問：「絲緞的絲？」

「是。」

「他們爲什麼要叫做絲？」

「因爲他們都是經過特別挑選，在弄玉班的訓練之後，又被送到東瀛扶桑的『伊賀谷』去受三年忍術訓練的人。」

柳先生又解釋道：「經過這種更嚴格更殘酷的忍者訓練之後，他們每個人都能將身體像蛇一樣扭曲變形，躲藏在一個別人絕不能躲進去的隱密藏身處，等到一個最有利的時機，才風竄而出，狙擊突襲，殺人於瞬息之間。」

「哦！」

「他們有時甚至可以不飲不食、不眠不動，蜷曲在一個很窄小的地方三、兩天，可是只要一動，對方通常就死定了。」柳先生接著說：「他們這種形態，就好像毒蛇中最毒的那種『青竹絲』一樣。」

「那麼，他們爲什麼不叫青竹絲？」

「因爲他們的掩護色並不一定是青的，他們看起來也不像是蛇。」

慕容笑了。

「有理，非常有理。」他衷心稱讚：「絲，就是絲，哪裡還有更好的名字？」

江南慕容世家的傳人，品鑑力一向是非常高明，這一點也從來沒有任何人能否認……。

二 絲路

一

夜。今夜。今夜有月，不但有月，而且有燈。

這個也不知道爲了什麼原因忽然在旦夕間死了的小鎮，今夜又復活了，死黑的長街上，又變得燈火通明，亮如白晝。

鐵大爺帶來的人，在夜色初臨時，就已經在這個小鎮上每一個可以懸燈的地方，都排起了一盞可以「氣死風」的孔明燈。

仍然有風，又已有了燈，卻還是沒有人聲，所有一切可以象徵生命躍動旋律的聲音，仍然全都沒有。

長街依然哀如墓道，只有一個人默默地在街上踱步，從街頭踱到街尾，從街尾踱到街頭。沒有聲音。

鐵大爺帶來的五十騎，雖然矯健驃悍，飛躍跳動有一種任何人都不能抑止的樣子，可是現在卻全都安安靜靜地站在那裡，看著這個翠綠長袍上繡白絲小兔的老人在街上踱步。

人與馬都一樣靜靜地站在那裡看著他，就連意氣風發不可一世的鐵大爺也都不例外。

老人穿綠袍，用一種任何人看到都會覺得很不舒服的姿態在這條長街上來來回回地也不知道走了多少遍，走走停停，看來看去，在兩旁的舍屋店舖裡穿進穿出，誰也不知道他在幹什麼，誰都看他不順眼。

可是他一點都不在乎。

在別人眼中看來，他最多也只不過是個非常令人噁心的老人而已，可是在他眼中看來，這些人全都是死人。

老人終於停下，停在鐵大爺的面前。刀一般的銳眼又瞇成一條線。

「二十七。」

老人只說了這三個字，簡簡單單的三個字。

身經百戰，出生入死，一生中也不知經過多少驚濤駭浪的鐵大爺，聽到這三個非常平常的三個字之後，臉上卻忽然露出一種非常不平常的表情，顯得又緊張，又興奮，又熱烈，就好像一個賭徒，在他準備下一注空前未有的大賭注之前，忽然聽到某一個神秘的人物，給了他一個秘密「消息」一樣。

——一個可以讓他穩贏不輸的消息。

「二十七？」鐵大爺立刻用一個賭徒的急切口氣問：「你真是看準了是二十七？」

老人不回答，只用一種「大行家」的姿態點了點頭，——行家的回答通常都只有一次。

大行家的這一次回答，通常都是絕對正確的。

鐵大爺仰面向天，深深吸氣，天上有月，月如燈，鐵大爺又長長吐出一口氣。

老人那隻白嫩的手，已經搭上一個精壯少年的肩，往轎子邊走過去了，看起來就彷彿一位有貴寵的嬌慵美人搭著她心愛侍兒的肩走出溫泉浴池一樣。

鐵大爺的精力卻彷彿鐵箭在弦。突然開聲大喝。

「來，來人。」

「有！」

五十騎中，有十三騎的馬上人穩坐雕鞍，面如板、頸如棍、肩如秤、背如龜殼、腰如老樹，連動都沒有動一動。

另外三十七騎士，甫上馬，又下馬，下馬時腰如春柳，曲如蛇盤。年紀都在二十左右，年輕明亮的雙眼裡，都帶著種蛇信般的靈活毒狠和一種說不出的堅冷忍耐。

「二十七，」鐵大爺說：「只要二十七。」

他的聲音低沈而嚴厲：「有病的人，先退，有情仇糾纏的人，也退。」

沒有人退。

鐵大爺大怒，怒喝：「難道你們都想死在這裡？」

沒有人開口，不開口就是默認。每張臉雖然都非常漂亮，可是每一張漂亮的臉上都帶著種

「隨時都願意去死」的表情。

鐵大爺盯著他們，終於輕輕地嘆了口氣：「那麼你們不如現在就去死吧！」

三十七個人，三十七把刀。

每個人腰畔都有刀，「嗆」的一聲，三十一把刀齊出鞘。

還有六個人的手雖然已經握上刀柄，只不過是握住而已。

他們的刀仍在鞘。

然後，就在這一刹那間，這六個人就已經是六個死人了。

——每個人的咽喉上忽然間都已多了一道鮮血的切口。

就像是一個人在用剃刀刮鬍角時，一不小心留下的那種紅絲般的切口。

可是紅絲一現，鮮血就好像噴泉一樣噴了出來。

他們幾人倒下時，他們的血剛好噴上去，他們的血灑落時，都沒有落在他們身上。

——這是他們的幸運？還是不幸？

他們的熱血竟落入冷泥中，連那種本來就可以冷煞人的秋風秋雨落入其中之後都可以被冷死的冷泥中。

六道細如芒絲般的毫光，六條血絲切口，血如突噴，光如電殛。

穿白絲兔綠繡袍的老人剛好坐進他的轎子，轎簾剛剛垂下，三十七死士中剛剛有三十一人手握刀將拔，剛剛有六人手雖握刀，卻沒有拔刀的樣子。

就在這一剎那間，轎子裡忽然有一蓬牛芒般的閃光以一種不可思議的速度飛了出來。

忽然間，一下子，就飛了出來了。

忽然間，一下子，就有六個比較沒種的人的鮮血，像噴泉一樣噴了出來，噴上半天。

——不管這個人是好人也好，是壞人也好，是有種也好，是沒種也好，只要是人，血就是一樣的血，噴出來的時候，都一樣可以噴得半天高。

這是人類的幸運？還是不幸？

聖賢與傖俗，英雄與懦夫，在某種情況下遇到了同樣一件事，結果並沒有什麼不同，如果他們同樣被別人砍了一刀，他們的血都同樣會噴出來，賢愚勇懦都一樣。

因爲他們都是人，「人」就是這樣子的，人世間有很多事都不十分公平。

六個人倒下，還有三十一個人站著，沒種的人倒下，有種的人不倒。

「有種」的意思，就是夠義氣、有膽量、不怕死，面臨生死關頭時，絕不會皺一皺眉頭，更不會在應該拔刀的時候不拔刀。

在戰場上，在生死關頭間，愈怕死的人，反而死得愈快，就好像賭場上，錢愈少愈怕輸的人，通常都會輸得最多。

這個世界上有很多事都是這個樣子的。

「我已經把這個地方每一個角落都看過了。」綠袍老者說：「這條街七十丈距離之內，最多只有二十七個藏身之處。」

他又補充：「我的意思是說，只有這些絲士才能夠在裡面躲三天三夜的藏身之處。」

「我知道。」

「所以，也只有二十七個人能知道這二十七個藏身之處。」

「我明白。」

「現在我就要他們藏進去。」綠袍老人說：「在你和慕容的決戰日之前，他們的藏身處除了你我和他們二十七個人之外，絕不能被第二十八個人知道。」

「這一點我當然也明白。」鐵大爺輕輕地嘆了口氣：「只可惜這一點如果只有我一個人明白，還是不夠的。」

他在嘆氣的時候，他的眼中已經有了刀鋒般的殺機，刀鋒般掃過另外的那些人，用一種很悲傷的聲音問他們：「你們是不是也明白我們這位高師爺的意思呢？」

他當然不會等他們的答覆，一個操生殺大權，隨時都在主宰著別人命運的，通常只發命令，不容抗命，只提問題，不聽答覆。

所以鐵大爺的問題又接著問了下去。

「如果你們都能了解高師爺的意思，那麼現在你們應該知道怎麼辦。」

——怎麼辦，除了「死」之外，還有什麼別的辦法？

除了死人是最可靠的保密者之外，還有什麼人能夠讓多疑的高師爺信任？

讓高師爺信任也許還比較容易一點，要讓功成名就的一方霸主鐵大爺信任，就比較困難了。

——沒有疑心，怎麼能成霸業？

——沒有霸業，又何必疑心？

跟著鐵大爺來的這五十騎，都是他的死黨，跟著他也不知跟了多少年了，他要往湯裡去，他們就跟著他到湯裡去，他要往火裡去，他們也跟著往火裡去，可是，他在軟玉溫香中時，他們也在。

鐵大爺一向是一個很會用人的人，一向是個好「老大」，所以他才是大爺。

所以他的兄弟們聽到他這麼說的時候，立刻就有了很多種不同的反應。

——大家都覺得鐵老大是在故作姿態，唬唬那些小王八蛋。

這是跟著他只有兩、三年的人的想法。

——這是大爺故意這麼說，以進爲退，以退爲進，讓這些小鬼心甘情願地爲他賣命。

這是跟著他已經有五、六年的兄弟的想法，他們都認爲他們的老大這麼說只不過是一種姿態而已！

可是從小就跟著他的那些人，聽到他說的這種話，全身的雞皮疙瘩都冒了出來。

只有這些人，才是最了解他的。

——爲了達到目的，不擇任何手段。

他們從小，從很小很小的時候，就聽到他們的老大重覆不停地訓他們這句話，「訓」得他們這一輩子永遠都忘不了。

——如果你要讓一件秘密永遠不洩露，那麼你只有讓聽見這個秘密的人全都死光。

除了那二十七條絲之外，每個人都知道他今天只有一條路可走。

不是「絲路」，是死路。

二

「絲路。」

慕容本來好像已經衰弱得連話都說不出來了，現在才問：「絲路，你是不是在說絲路？」

「是的。」柳先生說：「有絲，就有絲路。」

「你說的那條絲路，是不是從漢時開闢，從盛唐通達，從長安始，經河西走廊，過嘉峪關，通黑水城，到達敦煌的那一條絲路？」

「不是？」

「絲路有兩條，當然也是從長安始，由北走，出關，入哈密，吃哈密瓜，吃完哈密瓜後，就從通化、伊犁、阿爾泰山，一直走到我們所不知道的異國。」不盲的盲者說：「這一條是北路。」

他解釋：「去異國，帶中土的絲綢去，返來時，帶異國的奇巧珍玩、胡琴、胡床、碧眼美人來，這些可以在一趟行程中就獲暴利的人，都把這條路叫作天山北路。」

「那麼是不是還有一條天山南路？」

「是的。」

不盲的盲者柳先生說：「出關後，過高原，走西域、樓蘭、莎車、沿疏勒走，而達目的。」他說：「在那些行旅客商的稱呼中，這條路，就叫作天山南路。」

「不管天山南北路，都是絲路？」慕容問。

「是的。」

「你說的是哪一條路？」

「都不是。」柳明秋說：「我說的這條絲路，並不是一條路，而是一個人。」

「爲什麼？」

「因爲這個人，在那些把自己的性命看作游絲般的『絲士』心目中，已經不是一個人，而是一條路，」柳先生說：「因爲沒有他這個人，他們就無路可走。」

「所以這個人就叫作絲路？」

「是的。」

「好，好極了。」慕容讚揚：「絲，絲路。」他嘆氣道：「你就算用西門吹雪的劍對準在我的咽喉上，我也想不出更好的名字了。」

三 絲士 死士

一

鐵大爺帶來的五十鐵騎，現在已經只剩下三十一個人了。

「只有死人才能絕對保守秘密。」鐵大爺說：「這是句非常正確而且非常聰明的話，我卻不是第一個說這句話的人，我還沒有這麼聰明。」

他說：「可是現在這句話已經是大家都明白的至理名言了，你們一定也明白。」

是的，大家都明白，他們老大的意思，就是要他們死。

除了那二十七個在決戰日要從藏身處突擊狙擊敵手的絲士之外，別的人，都得死，誰都不想死，但是他們除了死之外已別無選擇。

現在爲什麼還有三十一個人活著？難道鐵大爺的命令已不如往昔有效？

準備埋伏在決戰日作殊死一擊的絲士，還要從二十九人中選二十七。

人選仍未定，所以還是二十九人活著。

另外的兩個人呢？

二

兩個人一老一少，老者六七十，少者十六七，兩個人眼中卻同樣都迸發出一種不畏死的鬥志。

老者已將死，生死只不過是一彈指間事，生有何歡，死有何懼？爲什麼不死得光榮些？

少者還不知死之可懼，要死就死吧，去他媽的，最少也要拚一拚才死！

鐵大爺好像已經完全沒興趣再管這件事了。

作爲一個大爺，通常都會知道應該在什麼時候把一件事適時轉交給別人來接手，尤其是在這件事已經到了尾聲，而且開始有了一點麻煩的時候。

敢抗拒大爺的，當然顯是有一點麻煩的人。通常麻煩還不止一點。

此時此刻，最大的麻煩有兩點，一點是老者有搏殺的經驗，一點是少者有拚命的勇氣。

老者王中平，名字平平凡凡，模樣也平平凡凡，可是在他這一生中，已經殺了九十九個人，都是在一種不動聲色的情況下，用一種平平凡凡的方法殺死的，殺人之後，居然也沒什麼後患。

——你說這麼樣一個人，要殺他是不是有一點麻煩？

少年姓魯，是孤兒，沒名字，外號叫「阿幹」，意思就是說，只要「碰」上了，不管你是誰，我都跟你幹上了，幹個你死我活再說。

他沒有家。

至少有二十多次，別人都以爲他死定了，可是他沒有死。

——你說這麼樣一個人，是不是也有一點麻煩？

綠袍老人不理這一老一少，只看著面前的二十九絲。

他的眼也如絲。絲是亮的，絲又輕軟，絲也溫柔，可是絲也勒得死人。

「我要的是二十七個人，現在卻有二十九，」他的嘆息聲也輕柔如絲：「你們說，現在我該怎麼辦？」

沒有人回答，沒有人知道應該怎麼回答，夜色更深，晚風冷冷，大家只覺得自己身上一顆顆雞皮疙瘩冒了出來，因爲誰也不知道必死的兩個人之中，會不會有一個是自己？

這個問題居然在一種很奇怪而且很簡單的情況下，很快地就解決了。

因爲其中有幾個人居然可以跟他們的「伴侶」擠在一起，不管多小的藏身處，都可以擠得進去。「因爲我們常常都擠在一起。」他們說：「而且我們喜歡兩個人擠在一起。」

所以現在剩下的問題只有兩個人。

三

「絲路其實並不是一條路，他那班兄弟雖然認爲沒有他就無路可走，有了他，其實也一樣無路可走。」柳先生告訴慕容公子：「如果說，他真的是一條路，那麼這條路一定是用別人的屍體鋪出來的。」

盲者不盲：「我敢說鐵老大帶去的那五十騎中，至少已經死了十九個。」

「五十，減十九，還剩三十一。」慕容問：「二十七個藏身處，二十七個人，現在爲什麼還有三十一個活著？難道鐵老大和那條路都不明白只有死人才能守口？」

他當然也知道他們都明白，只不過他喜歡聽別人對他提出來的問題作合理的解釋，合理的解釋才能代表一個人的智慧，理性、學識和分析力，慕容一直都希望常常有這種人在他身邊。

所以他才是慕容。

柳先生在他身邊。

「絲士中有好幾對都親密如兄弟手足夫妻，尤其是其中的林家兄弟和青山兄弟，更是分不開的，所以雖然只有二十七個藏身處，卻可能有二十九個人。」

「三十一，減二十九，好像還有兩個。」慕容問：「對不對？」

「對。」

「還有兩個人呢？爲什麼還能夠活到現在？」

「其實我不說你應該知道。」

「爲什麼？」

「因爲這兩個人都是你已經老早聽說過的。」

慕容在想。

「鐵烏龜的五大愛將，枯、老、大、女、少，都不可能在這種時候出現的。」慕容又想了想：「其中最多只有兩個會出現。」

他忽然又舉杯。

「一老一少，如果我說得不對，我罰酒，罰三杯。」

柳先生微笑，嘆息，也舉杯，不但舉杯，而且喝，喝三杯。

他輸了，他要喝，他喝了，他方說。

「王老身經百戰，已經從無數次殺人的經驗中，體會出一種最有效的刺擊術，他自己命名爲『一百刺，九十九中。』他當然不怕。」

柳先生說：「他已經六十九，連死都不怕了，還怕什麼？」

慕容同意。

「如果我已經六十九，我只怕一件事了。」他自己回答。「到那時候，我只怕還沒有死。」

「你十六七歲的時候呢？」

「那時候我怕死。」慕容很坦白：「那時候我只要一看到死人，我就會哭。」

「因爲你是個養尊處優的貴公子，你從小的日子就是過得很快樂的。」柳明秋先生說：

「我想你在十二三歲的時候，就已經把你們家的丫頭都欺負死了。」

——能把好多個漂亮小女孩都欺負死的男人，自己怎麼會想到死？

「可是有很多人都不是這樣子的。」柳先生說：「他們都跟你不同。」

「有什麼不同？」

「你沒有想到死，可是你怕死，如果你死了，你的好爸爸、好媽媽、好姐姐、好妹妹，好衣裳、好吃的、好玩的，一下子全部沒有了，所以你想不怕死都不行，因爲你有太多只有你活著才能享受的東西。」

柳先生問：「可是另外一些人呢？他們爲什麼也不怕死？」

這問題他不是問別人，是問自己。

所以他自己回答：

「他們不怕死，只因爲他們什麼都沒有。」

「那個叫『阿幹』的小男孩，就是這樣子的，」柳先生說：「他沒有父母，沒有朋友，沒有愛，他不怕死，他只怕一個人孤孤單單活在這個沒希沒望的世界裡，有人逼他，他只有幹。」

不盲的盲者說：「依我看來他當然有幾分可以去幹一番出生入死的本事。」他說：「如果這小子能活到二十歲，我敢說他比誰都行，也許比當年楚留香在二十歲的時候都行。」

慕容嚇了一跳。

「你把他跟楚留香比？」

「嗯。」

「你比的是不是那個楚留香？」

「天下有幾個楚留香？」

「一個。」

「那麼我說的就是這一個。」

不盲的盲者臉上忽然露出一種很哀傷的表情：「這個世界上，天才本來就不多，如果連二十歲都活不到，那就太可惜了。」

「你是在說阿幹？」慕容問：「難道你已算準他活不到二十歲？」

「是的。」

四

阿幹雙拳緊握，眼中露出餓狼般的兇厲。

他是個非常特異的人，異常兇暴，又異常冷靜，異常敏捷，又異常能忍耐，江湖傳言，有人甚至說他是被狼狗飼養成人的。

所以他也異常早熟，據說他在九歲時就已有了壯漢的體力，而且有了他第一個女人。

——一個十七歲的農女，捲起褲管，露出一雙小腿和白足，在山泉下洗衣，忽然發現有一個小孩在對面像野獸般窺伺著她。

阿幹的雙拳緊握，盯著綠袍老者，眼厲如狼。

鐵大爺視而不見，綠袍老者根本不去看，王中平以眼色示警，阿幹卻已決心要幹了。

就在他下定決心這一刹那間，他的人已飛撲出去，像一匹餓狼忽然看見一隻羊飛撲出去，用他的「爪」去抓老者的咽喉和心臟。

他撲殺的動作，竟然真的像是一匹狼。

綠袍老者卻不是羊。

他的身形忽然像鬼魅後退，他的絲士都自四面八方湧出，手裡絲光閃閃如銀芒，織成了一面網。

阿幹忽然發現自己已經在網中，網在收緊，綠袍老者又如鬼魅般飛過來，手裡忽然出現一根銀色的刺，忽然間就已從絲網中刺入了阿幹的嘴。

阿幹正要嘶喊，刺已入喉，往嘴裡刺入，後頸穿出，銀刺化絲，反搭後腦。

後腦碎，血花飛。

阿幹倒下。

他還不到二十歲，他死時的吶喊聲悽厲如狼嗥。

絲網收起，綠袍老者默默地轉身，默默地面對王中平。

他未動，王中平也不動。

忽然間，一個穿紅衫著白褲，梳著一根沖天小辮子的小孩，也不知道從什麼地方竄了出來，反手拔出一把寒光閃閃的小刀，忽然間一下子就衝到了阿幹剛倒下的屍體前，抓起他的髮髻，一刀就割下了他的腦袋，凌空一個翻身，提著腦袋就跑，一霎眼就看不見了。

——這個小孩是個小孩？還是個小鬼？

綠袍老者仍然未動，王中平也沒有動，可是兩個人臉色都已經有點變了。

眼看著小鬼割頭，眼看著小鬼遠颺，他們都不能動，因爲他們都不能動，誰先動，誰就給了對方一個機會，致命的機會。

——鐵大爺和那二十九條絲爲什麼也不動？是不是因爲那個小鬼的行動太快？

——一個小孩般的小鬼，爲什麼要到這個殺機四伏的地方，來割一個死人的腦袋？

綠袍老者盯著王中平，忽然長長嘆了口氣，用一種極感傷的聲音說：「王老先生，看起來你大概已經不行了，連『割頭小鬼』都不要你的頭了。」

「哦？」

「如果他還要你的頭，他一定會等你先死了之後才來割頭。」

他揮了揮手。

「你走吧。」綠袍老者說：「如果連小鬼都不要你的頭了，我這個老鬼怎麼還會要你的命？」

王中平輕輕地長長地嘆了一口氣。

「是的，看起來我好像真的已經老了。」他說：「老人的頭就好像醜婦的身體一樣，通常都沒有什麼人想要的。」

綠袍老者也嘆了口氣：「看起來，世上好像的確有很多事都是這樣子的。」

「一點都不錯。」王中平說。

他整衣，行禮，向老者行禮，向大爺行禮，也向那二十九絲士行禮。

他行禮的姿態溫文而優雅，可是每一個人都能想得到，在他這些溫文優雅的動作間，每一刹那都可能施展出一刺擊敵致死的殺手，因爲他也知道綠袍老者絕不會真的放他走。

——一百刺，九十九中。

——這一刺，他選的人是誰，選誰來陪他死？

他選的當然是一個他必然有把握可以殺死的人，這一點總應該是毫無疑問的。

問題是，不管他要對付這裡的哪一個人，好像都應該很有把握。

所以每個人都在嚴加戒備，都沒有動，都在等他先動。

奇怪的是，他也沒有動，就好像真的相信綠袍老者會放他走一樣，就這麼樣慢慢悠悠、悠悠閒閒地往前走。眼看就快要走出了這個小鎮。

鐵大爺視而不見，綠袍老者居然也就這麼樣眼睜睜地看著他走遠。好像根本就不怕他會洩漏他的秘密，又好像他們有什麼把柄被他握在手裡。

真正的原因是什麼！誰知道？

這時候，只看見一個很高、很苗條的女人的影子，從小鎮外那無邊無際的黑暗中走出來，走向他，伸展雙臂，和他緊緊地擁抱。

五

「對大多數人來說，絲路的意思，就是死路，就算他偶然給別人一條活路，那條路也細如遊絲。」柳先生對慕容說：「所以阿幹現在應該已經是個死人了。」

「一定？」

「鐵大爺要他死，那個只穿綠絲袍的老怪物也要他死，我們好像也不想他再活下去，這個世界上，還有誰能救他？」

「好像還有一個人。」慕容說：「這個世界上無論發生了多麼不可思議不能解決的事，好像總有一種人可以解決的。」

「這種人是誰？」

慕容笑說：「這種人好像就是你剛剛提起的那個楚留香。」

楚留香。

名動天下，家傳戶誦，每一個少女的夢中情人，每一個少年崇拜的偶像，每一個有及笄少女未嫁的母親心目中最想要的女婿，每一個江湖好漢心目中最願意結交的朋友，每一個銷魂銷金場所的老闆最願意熱誠拉攏拉攏的主顧，每一個窮光蛋最喜歡見到的人，每一個「好朋友」都喜歡跟他喝酒的好朋友。

除此之外，他當然也是世上所有名廚心目中最懂吃的吃客，世上所有最好的裁縫心目中最懂穿的玩家，世上所有賭場主人心目中出手最大的豪客。甚至在鹽商豪富密集的揚州，「腰纏三萬貫，騎鶴下揚州」的揚州，別人的風頭和鋒頭和他相較下全都沒有了。

不管誰都一樣。

關東馬場的大老闆，長白山上的大蔘商，各山各寨各道的總舵主，總瓢把子，平日左擁紅，右抱綠，一擲萬金，面不改色，可是只要看見他，這些人臉上的顏色恐怕就會要有一些改變了。

因爲他是楚留香。

——一個永遠不可能再有的楚留香，天上地下，獨一無二，如果他忽然「沒有」了，也沒有人能代替他。

這麼樣一個人，如果不是讓人羨慕敬佩，就是讓人歡喜的。

可是柳先生聽到這個人的「這個名字」，臉上忽然又露出一種說不出的哀傷之意，而且真的是一種說也說不出，寫也寫不盡的哀傷。

看到他臉上這種奇怪又詭奇又不可解釋的表情，慕容當然忍不住要問：「你在幹什麼？」

他問柳先生道：「看起來，你好像在傷心。」

「好像是有一點。」

「你爲什麼要傷心？」

「因爲我知道連楚留香也救不了阿幹了。」

「爲什麼？」

「因爲楚留香在三個月之前，就已經是個死人。」

慕容也死了。

至少他現在的樣子看起來已經和一個死人完全沒有什麼不同了。

六

這個很高很苗條的女人，穿著一身雪白的長袍，風在吹，白袍在飄動，她緊緊地擁抱住王中平，就像是個多情的少女忽然又見到她初戀的情人一樣，那麼激情，那麼熱烈。

可是她的手忽然又鬆開了，她的人忽然間就像是一個白色的幽靈般被那又冷又輕柔的晚風吹走，吹入更遙遠更黑暗的夜色中。

王中平卻還是用原來的姿勢站在那裡，過了很久，才開始動。

這一次，他居然沒有再往前走，反而轉過身回來。

他走得很慢，走路的樣子很奇怪，走入燈光可以照亮他的地方時，大家才看出他臉上的樣子也很奇怪，臉上每一個器官每一根肌肉都似已扭曲變形。

走到更前面的時候，大家才看出他的臉已經變成一種彷彿蘭花般的顏色。

——蘭花有很多種顏色，可是每一種顏色都帶著種淒艷的蒼白。

他的臉上就是這種顏色，甚至連他的眼睛裡都帶著這種顏色。

然後他就像一朵突然枯謝了的蘭花般凋下。

他倒下去時，他的眼睛是在盯著絲路，用一種充滿了幸災樂禍的歡愉，和一種充滿了深入骨髓的怨毒的聲音說：「沒有用的，絕對沒有用的。」他一個字一個字地說：「隨便你們怎麼設計，這一次你們還是必敗無疑。」

「為什麼？」

「因爲那個瞎子，你們如果知道他是誰，說不定現在就會一頭撞死。」

他臉上那一根根充滿了怨毒的肌肉，忽然又扭曲成一種說不出有多麼詭異的笑容，「因爲你們永遠也不會知道他是誰的。」

絲和絲路雖然都是逼供的好手，可見現在卻再也逼不出他一個字來。

因爲他已經死了，說完這句話他就死了，他死的時候，他的臉看起來就好像是一朵在月光照耀下隨時都可能變換顏色的蘭花。

那個幽靈般的白袍女人，隨風飄入夜空中時，彷彿曾經向鐵大爺和絲路揮了揮手，她那白色的衣袖飄舞在暗夜裡，看起來也彷彿是一朵蘭花。

這時候已經是午夜，晚風中依稀彷彿送過來一陣清清淡淡的蘭花香氣。

七

「楚留香真的已經死了？」

「是的。」

「你有把握？」

「我有！」

柳先生黯然道：「本來我也不信他會死的，深沉陰險如無花和尚和南宮靈，絕艷驚才如水母和石觀音，他們都不能要他死，還有誰能？」

不盲的盲者一雙白多黑少的眼中似已有了淚光。

「可是他的確死了，是死在一個女人手裡的，一個美似天仙，其實卻如同魔鬼一樣的女人。」柳先生說：「她的名字叫林還玉。」

「林還玉？」

「是的，」柳先生說：「還君明珠雙淚垂，還君寶玉君已死。君死妾喪情亦絕，天上地下永不聚。」

慕容也是多情人，「君死妾喪，永不相聚。」他癡癡地咀嚼著這幾句愁詞，心裡也不知道在想什麼？也不知道是什麼滋味？

他只能說：「這一定也是極盡悱惻纏綿讓人愛得你死我活的故事，幸好我現在根本不想聽。」慕容說：「現在我他媽的根本沒心情來聽這種見了活鬼的狗屁故事。」

溫文爾雅的慕容公子也會罵人的，他只有在罵人的時候，心裡才會覺得痛快一點。

他當然也只有在心裡最不痛快的時候才會罵人。

八

午夜。

從風中飄送過來的蘭花香氣更清更輕更淡，卻仍未消失。

人卻已消失。

殺人的人，冷煞人的風，幽靈般的白袍女人，都已消失在暗夜中，只留下一個暫時還不會消失的屍體，和一個已經被割掉頭顱的死人。

鐵大爺深深地吸了一口氣。

「好香，真的香。」他說：「難怪有學問的人都說，只有蘭花的香氣，才是王者之香。」

「難道楚香帥那種名聞天下的鬱金花香氣，也比不上？」

「當然比不上。」

「爲什麼？」

「因爲那種香氣現在已經沒有了。」

「是不是因爲楚留香這個人現在也已經沒有了？」絲路故意問。

「是的。」

於是鐵大爺和絲路一起大笑，好像根本忘記了王中平剛才說的那句話。

「不管怎麼樣，你們這一次都必敗無疑，因爲那個瞎子……」

王中平是從不說謊的，鐵大爺對他說的話，一向都很信任，這次他這麼說，也絕不會沒有原因。

可是這一次鐵大爺卻好像根本沒聽見他在說什麼，甚至好像根本忘記了剛才曾經看見過一個瞎子。

這時候月已將圓，這一天是八月十三日，中秋夜的前二夕。

鐵大爺與慕容公子的決戰時，就在仲秋月圓夜。

四　決戰夕前

一

慕容坐下來。坐在一個用江南織錦緞製成的圓墩上，坐在一張有漢時古風的低几前。

他已經不在那個廢園舊宅裡，他在一座高台上。

台在高處，高十九丈，高高在上，是用一種極粗的毛竹架成的，架在一個斜坡上，高得可以看見遠處的燈火。

——遠處那個小鎮裡的燈火。

近處也有燈火，燈火就在高台下。

將過黃昏，才過黃昏。忽然間，無邊無際的冷秋夜色就把這一片山坡籠罩住了。

然後燈火就亮起。

各式各樣大大小小不同的燈，各式各樣明明暗暗閃閃滅滅的火光，亮起在各式各樣形狀不同的營地帳蓬前，照亮了各式各樣老老少少男男女女不同的臉。

唯一相同的是，每一張臉上，都同樣帶著種疲憊憔悴而又無可奈何的表情。

因爲他們都被迫離開了他們的家。

——他們的家，就在那個好像忽然死掉了一樣的小鎮上。

——他們的家，縱然貧乏，但卻仍然是溫暖的，灶火常熱的廚房，每天都洗得非常乾淨的碗筷，總是會讓丈夫兒女吃得飽的菜飯，睡慣了的床，厚厚軟軟的棉被，罐子裡也許還有一點可以讓孩子們綻開笑容的甜食乾果冰糖，罐子裡也許還有一點酒，枕頭下面也許還有一兩本可以讓夜晚過得更甜蜜的書。

他們爲什麼要離開他們的家？

因為他們不能不走，因為他們無可奈何，因為他們對於暴力，根本無法反抗。

所以他們只有走。

在他們聽到「有兩幫非常有力量的人，已經選擇要在本來屬於他們的這個小鎮上作爲火併的場所」時，他們只有離開他們的家。

因爲他們都太軟弱，也太善良。

善良的人，為什麼總是比較軟弱？

剛出世的嬰兒，埋頭在母親的乳房裡，小孩子相互擁抱取暖，大孩子抱著一個包袱就睡著了，老太太老先生們或坐或躺，也不知是睡是醒，近處遠處閃滅不定的火光，照得他們臉上的皺紋讓人看起來更深。

其他大眾們呢？

肩負一家重擔的一家之主，每天都要籌算一家之計的主婦，已經發覺妻子將要離他而去的中年男人，已經發覺丈夫跟她妹妹偷情的少婦，互相愛慕卻又不能相聚的少男少女，一個個獨坐在夜空下，他們心裡的滋味又如何？

家園仍在，卻已未必再是他們的，劫後重生，以後日子是不是還會和以前一樣？經過這一次劫難後，是不是還能活得下去？

——天呀，有多少人的心裡在悔恨，希望自己沒有犯過以前犯過的那些罪惡。

慕容在高台上看著這些人，柳先生就在他身旁，那兩個面蒙藍巾穿一身直統統長袍的女人也在，都在看著他臉上的表情。

他的臉上沒有表情。

他眼裡彷彿流露出一抹悲傷憐憫，可是立刻就轉向遠方。

遠方的小鎮上依舊有燈火。他眼中的憐傷忽然變為憤怒。

「你說那兩個烏龜一定已經走了，現在為什麼還沒有走？」他問柳明秋。

「你看見了他們還在那裡？」

「沒有。」

「你只不過看見那裡還有燈而已。」

「對。」

「人不是燈。」柳先生很平靜地說：「人走了，還是可以把燈點在那裡的。」

「他們爲什麼要把燈點在那裡？」

「因爲他們要讓你認爲他們一直都在那裡等著你去。」柳先生說：「他們在，你當然就不會去，在決戰日之前，那二十九個人就可以平平安安地埋伏在那裡了。」

——不到必要時，這些人當然不能被發現，到了必要時，他們才能發出致命的一擊。

柳先生非但眼不盲，心也不盲。

「你看見那裡的燈火，你的心不定，他們才能好好地回去休養，以逸待勞，以靜制動。」柳明秋說：「如果你去了，萬一發現他們的一處埋伏，他們還有什麼好玩的？」

慕容的態度立刻就已改變，立刻就承認！「對他們來說，那實在很好玩。」

他忽然又笑了，又問柳先生：「他們覺得不好玩的時候，應該就是我們覺得最好玩的時候，對不對？」

「對。」

「那麼我們是不是應該立刻就去？」

「是的。」

「好，我聽你的。」慕容說，「你現在就去，帶二十九個高手去，把他們那二十七處埋伏，全都連根拔出來。」

「那倒不必。」

「不必？」慕容顯得很驚訝：「為什麼不必？」

「我根本不必帶二十九個人去。」

「為什麼？」

「因為那二十七處埋伏處，相隔有一段距離，而且全都極為隱秘。沒有聽到他們事先約定的訊號時，誰也不敢輕舉妄動，貿然現身。」柳先生說：「所以我們去攻他第一處埋伏時，另外的埋伏處根本不會知道。」

「哦？」

「我發覺他們的埋伏時，一招內就一定要致他們的死命，那只是一瞬間的事。」柳先生淡淡地說：「我可以保證，這二十七處埋伏中的二十九個人，在臨死前連一點聲音都不會發出來。」

他說：「如果我帶二十九個人，反而會驚動他們，那就是打草驚蛇，反而弄巧成拙了。」

「有理！」

「所以我只要帶一個人去。」

「只帶一個人？」

「二十七處埋伏，二十九個人，其中至少有兩個埋伏中有兩個人。」柳先生說：「以一敵二，雖然不難，以二制二，才萬無一失。」

「對。」

「我是不是應該帶一位高手去？」柳先生問慕容。

「當然。」慕容說：「你當然要帶一個高手去，而且一定要是一個高手中的高手。」

柳先生看著他，眼中有笑。

「公子手下，高手如雲，可是我要帶走的這一位，卻不知公子是不是肯放人？」

「你要帶的是誰？」

慕容的神色好像有一點緊張起來了，柳明秋眼中的笑意卻更濃。

「是她。」柳先生指著一個人說：「我要帶去的就是她。」

慕容身旁一直有兩個人的，兩個用藍色的面巾蒙臉，穿一身直統統的藍色布衫，雖然看不出形態輪廓，卻還是可以看得出是女人的人，她們一直都在扶攜照顧著他。

兩個人裡面，如果用尺來量，有一個比較高一點，因爲她的脖子比較長，腰也比較長。

另外一個比較矮一點，可是看起來卻比較高。

因爲她的腿長。

她兩條腿的長度，幾乎占據了她整個身子的三分之二。她的腰又細又軟又高。

柳先生指的人就是她。

慕容好像呆住了，又好像隨時都可能跳起來，可是最後他只不過長長地嘆了口氣。

「你這個不瞎的瞎子，真有一套，你不但有思想有頭腦，而且有眼力。」慕容說：「我佩服你，可是我一點都不喜歡你。」

「知道。」柳明秋淡淡地笑：「這個世界上，喜歡我的人本來就不多。」

「爲什麼？」

「因爲大家都覺得我太聰明了。」柳明秋說：「我結識的都是聰明人，如果他認爲我比他還聰明，他怎麼會喜歡我？」

——這是至理。

——一個聰明人，通常都不喜歡別人比他更聰明。

慕容也在笑。

「幸好這一點並不重要，別人喜不喜歡你，都沒有什麼關係。」

柳明秋說：「因爲我有用。」

慕容說：「一個真正有用的人，別人是不是喜歡他，他全都可以不在乎。」

「是的。」柳先生說：「我的想法也是這樣子的。」

看著他帶著那長腿細腰穿一身直統統長袍的女孩走下山坡，慕容臉上一直帶著種很愉快的微笑，不但愉快，而且得意。

因爲他相信柳明秋絕對是個非常有用的人，而且這一次他也把這個人用對了。

二

「我姓蘇，別人都叫我小蘇。」

「我知道。」

「你知道？你怎麼會知道？」

「我知道的事也許遠比你想像中要多得多。」柳先生說。

月光如銀，夜靜也如銀。銀無語，也無聲，只不過會發亮而已。

柳明秋在前面走，小蘇在後面跟著，他們走得並不快，秋月仍在中天，黎明前才會暗下去，那時候才是最適於行動的時候。

他們默默地走過一段路之後，柳明秋忽然說：「現在你是不是已經可以讓我看一看了。」

「看什麼？」

「看你。」

柳先生說：「現在我能看到的，只不過是一塊蒙面的青布巾，和一件直統統的袍子而已。」

「你還想看什麼？」

「看你的人。」

柳明秋說：「我知道你和你的表姐都是不能讓慕容看見的，因爲他已經不能再受到一點刺激，對他來說，一個年輕漂亮的女孩子已經是種要命的刺激了，何況兩個。」

他忽然轉身，面對小蘇：「我不是慕容，我可以受得了。」他的盲眼非但不盲，而且亮如火炬：「所以現在你一定要讓我看看你。」

——爲什麼？年輕漂亮的女孩子，爲什麼會對慕容是種要命的刺激？她們在他面前，爲什麼要蒙住她們的臉？掩飾住她們的身材？

這其中又有什麼不可告人的秘密？

小蘇靜靜地看著這個神秘而詭譎的不盲的盲人，露在她藍色面罩下的雙眼，就好像是一對琥珀，澄明而冷靜。

極冷、極媚、極淨。

——豹的眼是不是這樣子的？

她沒有除下她的面罩，卻解開了她的衣襟，就像是誠心信奉某種神秘宗教的虔誠信女一樣，她寧可讓別人看到她赤裸的胴體，也不能讓人看到她的臉。

因爲她的軀體是純潔完美無瑕的。

她的確是。

她的頸和肩線條柔美，她的胸飽滿結實，她的腰肢細而軟，她的腿渾圓修長而充滿彈性，她的足與踝卻又如此脆弱柔美。她的皮膚在月下閃閃發光。

她赤裸裸地站在這個陌生的盲者前，一點也沒有羞澀之意。

因爲她的軀體真像是名匠用最純淨的黃金鑄成的，無論展現在任何人面前，都足以自豪，不必羞愧。

柳明秋靜靜地看著面前這個幾乎已接近絕對完美的軀體，一雙黑少白多從來都極少有情的冷淡眼睛中，居然也彷彿露出了一些讚美之意，甚至還忍不住輕輕嘆息。

「你知不知道你有一樣大多數女人都沒有的東西？」他問小蘇。

「我知道。」小蘇說，「而且我還知道我有的不止一樣。」

「哦？」

「我有好身材，我有好皮膚，我還有一種可以讓男人心跳的魅力！」

「你知不知道你所有的這些，都是武器？」柳明秋又問。

「我知道。」小蘇說：「尤其是對付男人，這些武器遠比世上任何兵刃都犀利得多。」

她的眼睛裡忽然湧出一種充滿譏誚的笑意。

「一個女人如果要用刀劍來對付男人，這個女人非但一定醜得要命，而且一定蠢得要命。」小蘇說：「就好像一個總認爲只要用錢就可以征服所有女人的男人一樣蠢。」

「你好像很了解自己。」

「我一直都很了解自己，而且盡力要讓自己了解自己。」小蘇說：「因爲一個女人如果不了解自己，就要上男人的當了。」

柳先生笑。帶著非常有興趣的笑容問她：「那麼，你是不是也知道你應該用什麼方法來善用你的這些武器？」

「是的。」

小蘇說：「我跟你去突襲時，我就這樣子去，赤裸裸地去。」

——一個隱藏在密處多時的年輕強壯男人，忽然看到一個長腿細腰渾身都充滿了誘惑的漂亮美人在眼前出現，他會有什麼反應？

——我不知道別人有什麼反應，我只知道如果我在這種情況下看到這麼樣一個女人，別人一刀砍在我頸子上，我都不會覺得痛的。

柳先生又笑了。

「難怪慕容說，我是個有眼光的人，我果然沒有看錯你。」他說：「你的確沒有讓我失望。」

三

高台下，突然在一夕間流離失所的人們，心情都比剛才愉快一點了，因為他們每個人面前都有一碗熱氣騰騰的牛肉湯，而且還有鍋粑和一塊塊比金條還厚三四倍的白麵斤餅，而且還是用一整條全牛燉的湯。

他們都知道牛肉和餅都是高台上那個人送的，可是他們全不知道那個人就是這一次讓他們在一夕間忽然流離失所的人。

所以他們都愉快得很。

——有時候「知道」才是痛苦，「不知道」反而愉快。

——那麼「完全無知」，是不是最愉快的呢？

慕容在高台上。

有些人好像永遠是在高台上的，看起來永遠高高在上，高不可攀，所以也很少有人會問他：「你冷不冷？」

慕容不冷，至少現在不冷，因為現在正有一雙溫暖的手在按捏著他的筋骨肌肉和關節。

這雙手是雙非常漂亮的手，如果有人說這雙手如春蔥，這個人一定是個豬，因為這個世界上絕不會有這麼好看的蔥，不管春天夏天秋天冬天的蔥都不會有如此纖長清秀白嫩。

這雙手的腕上，有一截挽起的袖、藍袖。

——小蘇跟柳先生去，她的表姐「袖袖」仍在，慕容身邊是不能沒有人的。

袖袖的手多麼溫柔，手指卻長而有力，在她的手指按捏下，肌肉鬆弛了，血脈也暢通，最重要的是，心情也輕鬆。

慕容看起來輕鬆得幾乎已接近軟癱，可是臉上的表情看起來卻彷彿有一點痛苦。

他在柔軟的指下呻吟。

「我錯了。」就算他不是在呻吟，聽來也是：「這一次我一定做錯了。我該死，袖袖，現在我只恨不得你能殺了我。」

他的聲音甚至已接近啼哭，袖袖卻用一種非常溫和冷靜而又非常堅定的聲音告訴他。

「你沒有錯，也沒有看錯人，你做的每一件事，都是對的。」她告訴慕容，「我可以保證，這一次你的計劃，一定可以成功。」

——慕容突然萎洩。只有這個女人，只有她。

——她是誰？

她叫袖袖，不是紅袖，是藍袖。

四

月光如銀。

小蘇依舊赤裸裸地站在不盲的盲者面前，她知道他不盲，非但不盲，而且比這個世界上大多數人的眼力都好得多。

她知道她全身上下每一個部位，即使是最細密的部位，都逃不過他的眼。

這種想法，忽然使得她心裡有了種連她自己都不能解釋的衝動。

她忽然發覺自己在緊縮，全身上下，每一個部分每一寸皮膚都在緊縮。

她其實希望某一些事件會發生。

遺憾的是，什麼事都沒有發生，這位不盲的盲者竟似真的是個盲人。既沒有看見她的赤裸裸地胴體，也沒有看見她的激情的反應。

他甚至好像連一點感覺都沒有，只不過冷冷淡淡地告訴她：「只要你懂得善用你的武器，我們這次行動，萬無一失。」

「我們現在就開始行動？」

「是的，」柳先生甚至已轉過身：「我們現在就去。」

他的冷淡無疑已經使得她有點生氣了，所以已經決心要讓這個瞎子受到一點教訓。

「我們為什麼不能再等一下？」小蘇也冷冷地說：「等到天快亮的時候再出手。」

「我們爲什麼要等？」

「因爲有經驗的人都應該知道，天快亮的時候總是最黑暗的時候，也是在緊張中守候的人們最疲倦的時候。」小蘇故意問：「在這種時候去突襲，成功的機會是不是更大？」

「是的。」

「天亮前也是男人們情慾最亢奮的時候，我甚至可以想像得到，他們其中一定有很多人會在這段時間裡自瀆。」

小蘇故意笑，笑容在曖昧中又充滿譏誚。

「我是個很好看的女人，我常常會接觸到一些正常而健康的男人。」她說：「我對他們大概要比你了解得多一點？」

——你不了解他們，因爲你既不健康，也不正常，否則你爲什麼會對我全無反應？

這些話小蘇當然沒有說出來，因爲她相信就算她不說，這個瞎子也應該明白她的意思。

可是她錯了。

柳先生居然還是全無反應，就好像完全聽不懂她在說什麼。

「你說得有理。」他居然還在稱讚她：「非常有理。」

「那麼我們是不是應該等一下再去！」

「我們不等。」

「爲什麼？」

「因爲我們如果再等下去，我恐怕就會去做一些不該做的事。」柳先生已經完全轉過身：「在行動之前，我們最好不要再消耗體力！」

小蘇的臉忽然紅了。好紅好紅，幸好柳先生沒有看見。

他是背對著她的。

可是這一點卻又不是最重要的原因，他看不見她的臉紅，只因爲他的眼前忽然變得一片黑暗。

一片黑暗，什麼都看不見了，他的咽喉裡甚至也發出一陣陣野獸垂死前的嗚咽，他的臉也忽然變得扭曲痙攣。

他甚至已倒下。

就在這時候，忽然有一個穿紅衫著白褲、梳著一根衝天小辮子的小孩，也不知道從什麼地方竄了出來，反手拔出一把寒光閃閃的小刀，忽然間一下子就衝到了剛剛倒下的柳先生面前，一把抓起他的髮髻，一刀割下他的腦袋，凌空一個翻身，提著腦袋就跑，一眨眼就看不見了。

這個小孩是個小孩？還是個小鬼？

不管怎麼樣，他都絕不是個正常健康的男人，因爲他從來到去，也都沒有看過小蘇一眼。

這麼樣一個女人，如此飽滿的乳房，如此修長結實的腿，就這麼樣赤裸裸地站在這裡，可是在他眼中看來，好像還沒有一個死人可愛。

小蘇忽然覺得雙眼間一陣潮濕，然後就很快地暈了過去。

五

這時候慕容正用一種非常愉快的聲音對他身邊的女人說：「我相信柳先生的行動現在一定已經開始了，而且一定成功。」

第二部

慕容

——年輕的生命，飛揚的神采，無比的信心，異常出眾的外貌，富可敵國的家世，只可惜……

一 決戰之夜

一

八月，十五，中秋，月圓。

人呢？

人已將流血。

月無血，人有。

從這個地方看，月光絕對沒有燈光燦爛，各式各樣的花燈排滿在街道上每一個可以懸掛燈籠的地方，使得這個本來應該很安詳平靜地團圓佳節，看起來竟好像變得有點像是金吾不禁的上元狂歡夜。

這個本來已死寂無人的邊陲小鎮，看起來也變得好像有點像是燈火如畫的元夜花市。遺憾的是，街道上只有燈，沒有人。

人在樓頭。

四海樓就在這條街道的中樞地段上，就好像是個小鎮的心臟。控制著這個地方呼吸的節奏和血脈的流通，這裡每個人都以它為榮。

鐵大老闆端坐高樓，目光如鷹鷲，樣子看起來卻如虎豹，正在渴望著痛飲仇敵的血。

有很多人正列隊在他面前通報。

「兵刃檢修清點完畢。」

「燈籠蠟燭油料補充完畢。」

「人員清點完畢，無缺漏、無病患、無醉酒、無走失、無脫崗。」

「街道清除完畢，無積水、無障礙！」

每一件事都安排妥當了，卻沒有一個人提過暗卡中的絲。

那是絕對保密的，除了那二十九個隨時都在準備殉死的絲士外，只有老闆自己和絲路知道這個秘密，就算還有別人知道，那個人現在也沒法子把這個秘密說出來了。

沒有嘴的人，是什麼話都說不出來的，沒有腦袋的人，怎麼會有嘴？

鐵大爺和絲路先生的表情雖然很嚴肅，可是也很鎮靜從容。

對於這一戰，他們好像一直都很有把握。

名動天下的江南慕容，盲而不盲的柳明秋，在他們眼中看來，好像只不過是兩隻飛蛾而已。

他們早已燃起了燈，等著飛蛾來撲火。

遠處有光芒一閃，彷彿有流星隕落，一個人身輕如燕，凌空一掠，自黑暗中掠入燈火輝煌處，再一掠，就穿窗入高樓。

他看起來像是個孩子，可是年紀已經有三十六、七，他看起來像是個還沒有發育完全的少女，可是在多年前就已有了鬍子。

因爲他是個侏儒。天生就是個侏儒。只不過他這個侏儒和別的侏儒有幾點不同而已。

他就姓朱，名字就叫做朱儒。

他娶了老婆。

他的妻子叫馬佳佳，容貌佳，家世佳，風度佳，修飾佳，服裝佳，是江湖中有名的佳人。她的身材尤其是值得讚美的，長腿、聳胸、高腰，就算是最挑剔的男人，也絕對找不出一點缺點來。

馬佳佳身高七尺一寸，比她的老公朱先生恰巧高了一倍。

就憑這一點，朱先生就已經可以自傲的。

更令他自傲的是，江湖中人羨慕他的並不是他的妻子，而是他的輕功。

他自信他的輕功在江湖中至少也可以排名第八。

身輕如燕，落地無聲，落地時就落在鐵大爺身側。

他凌空飛掠，穿窗而入，他的腳尖落地時，他的嘴就在大爺的耳邊。

鐵大爺居然端坐不動，因爲他早就知道這個人會來，而且一來就在他身側耳邊。

朱儒施展輕功時，「落點」之準，一向都很少有人能比得上的，就算他躍起淩空翻了十八個觔斗後，他的落足點，還是會落在他剛剛躍起時那個地方，甚至連腳印都可以完全吻合。就像是相戀中情人的嘴一樣，密密吻合，毫釐不差。

所以大老闆只淡淡地問：「情況怎麼樣？」

「情況很好。」朱儒說：「就好像大老闆預料中一樣，該來的差不多全都來了。」

「差不多？」大老闆說：「差不多是差多少？」

「只差一個。」

「誰？」

「柳明秋。」朱儒說：「這個不賭的賭子本來一直是個獨來獨往的人，可是最近卻忽然投靠了江南慕容。」

「爲什麼？」

「誰也不知道是爲了什麼？」朱儒說：「更讓人想不通的是，他今天居然沒有來。」

鐵大爺對這個問題似乎並不太有興趣，他覺得有興趣的問題是：「不該來的人來了幾個？」

「誰？」

「一個用白巾蒙著臉，穿著一件直統統的白布袍，看來彷彿很神秘的女人。」朱儒說：

「慕容是坐著一頂小轎來的，這個女人一直都跟在小轎邊。」

鐵大老闆皺起了眉，絲路先生也皺起了眉，忽然問朱儒：「你怎麼知道這個人是個女人？」

他問朱儒：「你非但看不見她的臉，連她的身材都看不見，你怎麼能確定她一定是個女人？」

這個問題是非常尖銳的，而且非常確實，朱儒的回答也同樣實際。

「因爲我第一眼看見她就熱了起來，全身上下忽然間就熱起來了。」朱儒說：「她全身上下我全都看不見，可是我那時候的感覺，居然比看見七八十個赤裸裸地漂亮小姑娘還衝動。」

這種感覺是很難解釋的。朱儒只能說：「她每走一步路，每一個動作，都帶著種說不出的誘惑。尤其是她的眼神。」朱儒嘆息：「她的眼睛裡就好像有隻看不見的手，隨時都可以一下子就把你的魂抓走。」

他解釋得不能算頂好，可是大爺和絲先生都已經明白他的意思。

一個天生的尤物就像是把錐子，不管你把她藏在個什麼樣的袋子裡，她都一樣可以把袋子穿透。

「你知不知道這個女人是什麼來路？」

「不知道。」朱儒說：「可是我知道她一定是慕容的女人，她一直都跟著他，幾乎寸步不離。」

——能夠讓這麼樣一個女人跟在身邊寸步不離的男人，當然是非常突出的。

「這一代的慕容是個什麼樣的人？」鐵大老闆問朱儒，「他有些什麼特別的地方？」

「這就很難說了。」朱儒在猶疑。

他的觀察力一向很敏銳，而且很會說話，要形容一個非常突出的人，應該很容易。

「這個慕容，好像跟上幾代慕容都不同。」朱儒說：「表面看來，他也跟別的慕容沒什麼兩樣，也是一副自命儒雅，高高在上的樣子，臉上也完全沒有一點血色，就像是個死人。」

「不是死人，」鐵大爺冷冷插口：「是貴族。」

「貴族？」

「他們常常說，只有最高貴的人，才會有這種臉色，不但要蒼白得全無血色，而且更白得發藍。」鐵大爺冷笑：「因爲他們這種人，通常都不需要在陽光下流血流汗的。」

他不是這種人，他是從汗血中崛起的，他的臉色如古銅，所以他在說起這種人的時候，口氣中總是會帶著種說不出的輕蔑和譏誚。

——因爲他知道，不管他有多大的財勢，也換不到這種臉色。因爲他只有「現在」和「未來」，卻沒有「過去」。

——他的過去是不能提起的，甚至連他自己都不願去想。

——一個人如果沒有一些溫暖美好的回憶，在他逐漸老去時，怎麼能度過寒冷寂寞的冬天？

朱儒終於明白大爺的意思。

「可是這一代的這一個慕容，卻絕不是這種自我陶醉的人。」

「哦？」

「這個慕容外表看起來雖然跟他們一樣，可是……」朱儒經過一段思考後，才選擇出他認爲最恰當的形容：「可是在他這個軀殼下，總好像有另外一個人隱藏在裡面。」

「一個什麼樣的人？」

「一個和他外表完全相反的人。」朱儒說：「一個又卑鄙，又下流，又陰險，又惡毒，又粗俗，又刁鑽，又無恥，又殘暴的流氓和騙子。」

鐵大爺的臉色變了。

一個人會有這樣兩種極端相反的性格，非但不可思議，而且也可怕已極。

誰都不願有這麼樣一個仇人的。

「他的武功呢？」鐵大老闆突然急著要問：「他的武功怎麼樣？」

「我不知道。」朱儒說：「我看不出。」

「可是你一定能夠看得出，他的動作間，有什麼特別的，有一些什麼特別的地方。」

這是應該看得出來。

一個受過極嚴格武功訓練的人，一個在某一種功夫上有特別不平凡的造詣之人，在他的一舉一動間，甚至在他的神態裡，都可以看得出來。

何況朱儒又是個受過這方面嚴格訓練的人。想不到他卻偏偏說：「我看不出。」

「你怎麼會看不出？」大老闆已經在發怒：「難道你看不見他？」

「我看得見他。」朱儒說：「可是我只能看見他這個人，卻看不見他的動作和神態。」

「爲什麼？」

「因爲他根本沒有動過，連小指頭都沒有動過。」朱儒說：「而且臉上連一點表情都沒有。」

朱儒不等老闆再問，就解釋：「他的臉，就像是用大理石雕出來的。」朱儒說：「他沒有動，只因爲他一直都坐在一張很舒服的椅子上。一動也沒有動。」

椅子雖然有四條腿，可是椅子不會走。

那麼慕容怎麼來的？

這是個愚蠢的問題，根本不必回答，真正的問題在另外一點。

鐵大爺已經想到這一點，絲路先生已經在問朱儒：「你是不是說，他是坐在一張椅子上被人抬來的？」

「是。」

「他有沒有受傷？」

「沒有。」朱儒說：「至少我看不出他像受了傷的樣子。」

「他的腿當然也沒有斷！」

「他的腿好像還在。」朱儒說：「慕容世家好像也不會選一個斷了腿的人來掌門戶。」

江南慕容一向爭強好勝，最要面子，每一代的繼承人，都是文武雙全，風采照人的濁世佳公子。

「那麼這個慕容是怎麼回事呢？」鐵大爺皺著眉問：「他既沒有受傷，也不是殘廢，他爲什麼不自己走路來？爲什麼不去弄匹馬來騎騎？」

朱儒不開口。

這也不是個聰明的問題，而且根本不該問他的，這個問題本來應該去問慕容自己。

愚蠢的問題根本不必回答，可是這一次絲路先生居然說：「這個問題實在問得好極了。」他說：「一個人如果做出了一件他本來不該做的事，如果不是因爲他太笨，就是因爲他太聰明。而且其中一定有問題。」

「這個慕容看來好像並不是個笨蛋。」

「他絕對不是，」絲先生說：「他也許遠比你我想像中還聰明。」

「哦？」

「他至少知道坐在椅子上被人抬來是有好處的。」

「什麼好處？」

「坐在椅子上不但舒服，而且可能保留體力。」

朱儒淡淡地接著說：「我們在這裡等他，本來是我們以逸待勞，先占了一點便宜，」朱儒說：「可是現在我們都在站著，他卻坐著，反而變得是他在以逸待勞了。」

大老闆大笑。

「好，說得好，」他問朱儒：「那麼現在你為什麼還不叫人去弄張椅子坐下來？」

二

這張椅子的椅面是用一種比深藍更藍的藏青色絲絨鋪成的，光滑柔軟如天鵝。

穿一身同色絲袍的慕容懶洋洋地坐在椅上，使得他蒼白的臉色和那雙蒼白的手看來更明顯而突出。

抬椅子的兩個人，身材極矮，肩極寬，看起來就像是方的。

他們的兩條腿奔跑如風，上半身卻紋風不動，慕容端坐，就好像坐在他那個鋪滿波斯地毯的小廳裡。

這不是一頂小轎，只不過是張縛著兩根竹竿的椅子，卻很容易被人誤作一頂小轎。

轎不應該是靜的，椅子應該是靜的，它們本來是兩樣絕不相同的東西，可是在某一種情形下，卻常常會被誤認爲同類。

——人豈非也一樣，兩個絕不相同的人，豈非也常常會被誤認爲同樣，有時甚至會誤認爲同一個人。

這個世界上有很多事都是這樣子的。

袖袖緊隨在慕容身側，寸步不離。

另外還有四個人，年紀都已不小，氣派也都不小，神態卻很悠閒，從容而來，就好像是在散步一樣。

可是他們緊跟在那兩個腳步如風的抬椅人後面，連一步都沒有落後。

別人飛快的跑出了七八步，他們悠悠閒閒地一步跨出，腳步落下時，恰巧就和別人第八步落下時在同一剎那間。

他們每個人身上，還帶著一口無論誰都看得出非常沉重的箱子。

一種用紫檀木製成，上面還鑲著銅條的箱子，就算是空的，份量也不輕。

箱子當然不會是空的，在生死決戰時，誰也不會抬著四口空箱子來戰場，只不過誰也不知道箱子裡裝著些什麼東西。

跟在他們後面的八個人，腳步就沒有他們這麼悠閒從容了。

再後面是十六個人。

然後是三十二個。

這三十二個人跟隨著他們，如果不想落後，已經要快步奔跑。

三

看看這一行人走上小鎮的老街，鐵大爺忽然問絲路：「你看他們來了多少人？」

「我看不出有多少人。」絲先生說：「我只看得出他們有六組人。」

「一組多少人？」

「組別不同，人數也不同，」絲路先生說：「第一組只有兩個人。」

「一個坐在椅子上，一個跟在椅子旁。」

「是的。」

「第二組呢？」

「第二組就有四個人，三組八個，四組十六，五組三十二。」

「第二組四個人我認得出三個，」鐵大爺瞇起眼：「三個都是好手！」

「是的。」

「可是我看，其中最厲害的一個，大概還是我認不出的那一個。」

那個人又高又瘦，頭卻特別大，整個人看起來，就好像把一個梨插在一根筷子上。

這樣一個人，應該是會讓人覺得很滑稽的，可是這個世界上，覺得他滑稽的人，大概不會太多。

如果有一百個人覺得他滑稽，其中最少有九十九個半已經死在他的釘下。

「你說的一定是丁先生。」

「我想大概就是他。」大爺道：「人長得又細又長，腦袋卻又大又扁，看起來就像是個釘子。」

「他的名字本來就叫做丁子靈。」

「丁子靈？」大爺的臉色居然也有一點變了！「丁子靈，靈釘子，一釘下去，就要人死。」

「是的，」絲路說：「我說的就是他。」

鐵大爺的臉本來繃得很緊，卻又在一瞬間放鬆。

「不錯，這個釘子是有一點可怕，幸好我既不是木頭，也不是牆壁，我怕他個鳥？」他說：「我只不過覺得有點奇怪而已。」

「奇怪什麼？」

「一組兩人，二組四人，三組有八，四組十六，五組三十二。」大爺問絲先生：「我算來算去，最多也只有五組，你為何卻要說是六組？」

絲先生笑了笑，用一種非常有禮貌的態度反問大爺：「那兩個抬轎子的人是不是人？」

兩個方形的人，幾乎是正方的，不但寬度一樣，連厚度都差不多，兩個人看起來，就像是兩個饅頭擺在兩個方匣子上。

這個世界顯然很不小，可是要看見這麼樣兩個人，也不是件容易的事。

忽然間，鐵大爺的臉色又繃緊了。

然後他就用他慣有的那種簡單而直接的方式，發出了他的命令。

「我們第一次攻擊的對象是他們的第二組和第三組，一共十二個人，一次殲滅。」鐵大爺說：「我們約定好的訊號一發，行動就開始。」

他又說：「這一次行動，必須在擊掌四次之間全部完成。」

絲路微笑。

他不但明白大爺的意思，而且很贊成。

第四組和第五組的人數雖多，人卻太弱，不必先動。

第六組那兩個方形的人卻太強，不能先動。

所以他們一定要先擊其中，斷其首尾。

——一個人如果能成為一個真正的大爺，畢竟不是件容易事。

絲路先生微笑著，忽然高舉起他那雙纖秀如美女的手，很快地做了幾個非常優美的手勢。

這當然是一種秘密的手語，除了他門下的絲士之外，別人當然不會明白他的意思。

在這一瞬間，這無疑已將大老闆的命令轉達出去。

然後他就帶著微笑說：「人類其實是非常愚蠢。」他說：「每個人都不想死，用盡千方百計，也想活下去，可是有時候卻又偏偏笨得像飛蛾一樣，要去撲火。」

——有火燄在燃燒，才有光明。這種燃燒的過程，又是多麼悲壯，多麼美。

撲火的飛蛾，是不是真的像絲路想像中那麼愚蠢？

這時候慕容一行人已走到「盛記食糧號」的門口。

在崑崙大山某一個最隱秘的山坳裡，有一座用白色大石砌成的大屋，隱藏在一堆灰白色的山岩間，四面懸石高險，危如利劍。

大屋四周，有幾乎是終年不溶的雪，四季不散的濃霧，日夜常在的雲煙。

誰也不知道這座神秘的白石大屋是在什麼時候建造的？裡面住的是些什麼人？

事實上，真正親眼看見過這棟大屋的人，並不太多。

大多數時候，它都好像已經消失在終年籠罩在四周的白雲煙霧間。

建屋用的白石，每一塊至少有九百五十塊上好紅磚那麼重。最重的可能還倍於此數。山勢如此絕險，這些大石是怎麼運上去的？要動用多少人力物力？就算是在附近開採的，也是件駭人聽聞，不可思議的事。

大屋的規格宏偉，構造精確，縱然有山崩地震，也不會有頹危的現象。

大屋的外貌雖然是粗糙而未經琢磨的白石，看來雖壯觀卻拙樸，可是在它的內部，那種幾乎已接近神話的奢侈華美與精緻，任何人都無法想像。

大屋的內部有三層，兩層在地面，一層在地下，一共有大小房廳居室三百六十間，最大的一間，據說可以容千人聚會。

這三百六十間房屋，當然都是經過精心設計的，裡面陳設著各式各樣你們所幻想到的奇巧珍玩，和一些你甚至在幻想中都沒有想到過的名物異寶，甚至在一間卑微的僕人房裡，都鋪著手工精織的上好波斯地毯。

只有一間房是例外。

這間房正在大屋的中樞所在地，可是房裡幾乎什麼都沒有。

純白色的牆，純白色的屋頂，一扇窄門，兩個小窗，一張桌，一張椅，一張床，一個白棉布的枕頭，一張白棉布的棉被，和一個穿著白棉布長袍，看來就像是苦行僧一樣的人。

木桌很大，非常大。上面堆滿了用白紙板夾住的卷宗。每一個卷宗都夾著一件機密，每一件機密都可以聳動武林。

如果有人把這些卷宗披露，江湖中也不知道多少英雄豪傑名士俠女會因此而毀滅。

——這些卷宗中，赫然竟有一大部分是有關楚留香的。

有關楚留香這個人這一生中所有的一切。

他的祖先，他的家世，他的出生年月日地，他的幼年，他的童年，他的玩伴，他的成長，他的掙扎奮鬥，他的崛起，他的成名，和他以後所經歷過的那些充滿傳奇性的故事。

除此之外，當然還有他那些浪漫而多情的戀人。

每一個卷宗的原紙白封面上，都簡單而扼要地註明了它的內容，其中有些標註是非常有趣的。

「從楚留香童年時的玩具看他以後學武的傾向和武功的門路。」

「從楚留香幼時的奶娘們看什麼樣的女人最能使他迷戀。」

「楚留香的鼻子和迷藥間的關係。」

「楚留香與石觀音。」

「楚留香與水母。」

「楚留香與胡鐵花，以及他對朋友的態度。」

「楚留香對睡眠和飲食的偏好和習慣。」

卷宗的內容不但分類詳細，而且非常精闢，從這些卷宗上，已不難看出研究楚留香的這個人，對他的了解有多麼精刻。

這個人了解楚留香，也許比楚留香自己了解得都多。

這個人穿著件帶著三角形頭罩的白棉布長袍，看來就像是個波斯的苦行僧一樣，無論在任何情況下，他都盡可能地不讓別人看到他的臉。

此刻他正在專心地翻閱其中最大最厚的一個卷宗，這個卷宗上的標題赫然竟是：

「楚留香之死。」

四

這個標題實在是駭人聽聞的，揮手雲霞，瞬息千里，連閻王鬼卒都摸不到他一片衣袂的楚留香，怎麼會死？

可是江湖中確實有很多人都在暗中傳說，不敗的楚留香，這一次確實敗了。

他敗，所以他死，不敗的人如果敗了，通常都只有死。

可是不敗的人怎麼會敗呢？

這個卷宗，記載著的就是有關這個故事所有的人物和細節，從開始直到結束爲止。

據說他是死在一個女人手裡的。

這一點，已經讓人覺得傳說並非無因了，這個世界上如果還有一個人能擊敗楚留香，這人當然是個女人，而且是個極美的女人。

人同此心，心同此理，這一點是大家都認爲毫無疑問的。

據說這個女人姓林，叫林還玉。

林還玉當然極美，只不過誰也不知道她究竟有多美，因爲誰也沒有見過她。

可是能夠讓楚留香迷戀傾倒的女人，無疑是位傾國傾城的人間絕色，這一點用不著親眼看見，無論誰都可以想得到。

而且她還是江南慕容世家的表親，是天下第一名公子、絕艷驚才、舉世無雙的慕容青城的嫡親表妹。

如果要替楚留香帥找一個適合的對象，還有誰比她更適合？

這個故事，除了慕容、還玉，和楚留香之外，據說，還牽連到另外一些人，當然也都是名動一時的人，其中甚至包括：

柳上堤，江南風流第一，劍術第一，風姿第一，有劍如絲，以柔克剛，一劍穿心。

柳如是，江南第一名妓，艷如桃李，媚若無骨，明珠盈斗，不屑一顧。

關東怒，一方大豪，一代梟傑，關東一怒，屍橫無數。

有了這些精采出眾的人，這個故事本來應該是極轟動的，奇怪的是，江湖中真正知道這個故事其中詳情的人，居然不多。

尤其是它的結局，知道的人更少。

也許就因爲知道的人少，所以有關它的傳說就愈來愈多了。

有的人甚至說，林還玉雖美，但卻紅顏薄命，從小就有惡疾纏身，而且就像是條惡蛇一樣，非但可以纏死自己，而且可以纏死每一個愛上她的人。

楚留香愛上了她，所以也只有死。

可是有沒有人能證明楚留香真的已經死了呢？有沒有人親眼看到過他的屍體？

穿白色棉布長袍的人，一直在反覆研究著這個卷宗，如果有人能看見他的臉，一定會發現他的神態已經非常疲倦，如果有人能看見他的眼，一定會看出他的眼中已佈滿血紅絲。

如果有人能看穿他的心，一定會發現他的心裡有個死結。

這個結是很難打得開的，因爲他永遠不知道楚留香是不是真的已經死了。

爲了要打開這個結，他已不知道投注了多少人力和物力，耗費了多少心血。

——這是不是因爲仇恨？

——當然是的，除了仇恨外，還有什麼力量能使一個人付出這麼大的代價？

——這個人是誰呢？爲什麼會如此痛恨楚留香？

直到他看見一個人，他滿佈血絲的眼睛裡才露出了一點希望。

這個人就像是個幽靈一樣，忽然間就從那扇窄門外滑了進來。

人影一閃，目光一瞥，屋裡的燈光就忽然熄滅，只聽見這個鬼魂般的人用一種低沉嘶啞但卻又非常激動興奮的聲音說：

「**飛蛾**」**行動已開始**。

二　飛蛾行動

一

甚至在多年後，還有人在研究討論著當年轟動天下的這一戰。

「根據最正確的考證，那一次行動是在當年八月十五的子時才開始的。」

「根據你的考證，那一次行動真的就叫做飛蛾行動？」

「絕對不假。」

「我不信。」比較年輕的一個人說：「行動的意思是攻擊，是要使仇敵毀滅。」

「飛蛾撲火，本來就是自尋死路。」

「那麼你難道要我相信，他們籌劃這次行動，爲的就是要毀滅自己？」

「我沒有這麼說。」年長的一人笑得彷彿很神秘：「可是你如果一定要這麼想，也沒有錯。」

「我不懂你的意思。」

年長者忽然長長嘆息：「那一次行動的真正用意，的確是讓人很難想像得到的。」

二

那一年的八月十五、在那個小鎮，月色皎潔，萬里無雲。

慕容的椅轎已經走過了「盛記食糧」，距離「四海酒樓」已經只有十來家店面了，距離被鐵大爺稱為「箭靶」的地區，已近在咫尺。

這時候距離子時最多也只不過僅有片刻。

就在這時，兩旁空樓中忽然發出「蓬」的一響，無數盞燈火忽然應聲而滅。

驚暗中，只聽勁風穿空之聲，漫天呼嘯而過，淒厲如群鬼夜哭，自幽冥中哭叫著飛舞而來，也不知要勾走誰的魂魄。

無數道勁風，好像完全集中在盛記食糧前那七八家店面前。

慕容手下第二組和第三組的人，此刻就正在這個地段裡。

每一陣尖銳的急風破空聲，都是往他們身上飛掠而來的。

如果這真是厲鬼勾魂，目標也就是他們。

那不是厲鬼，而是急箭，卻同樣可以要人的命。

三

「那麼，鐵大爺發動的第一次攻擊用的是這種法子？」

以弓箭取武林高手，聽起來的確未免太輕忽，所以直到多年後，這個醉心於研究這一役戰略的年輕人，仍然忍不住要懷疑。

「是的。」長者的答覆卻很明確：「他用的就是這種方法，用的就是普通的弓箭，只不過他在街道兩旁，一共埋伏了一百零八把強弓，每人配帶三十六根鵰翎箭，弓箭手都是擅射『連珠』的專家，別人射出一箭時，他們已射出三箭！」

他又補充：「這一百零八人彎弓射箭，只發出『蓬』的一聲響，從這一點，你大概已經可以想見他們配合之密切，和他們反應之靈敏了！」

密令一發，弓弦齊響，一百零八人不差分毫，除了默契外，反應當然也要快。

少年沉默。過了很久才問：「鐵大爺和絲路先生為什麼不用他們早已埋伏好的那一支奇兵？」

「你說的是絲士？」

「是的。」

「這一點你應該能夠想得到的。」長者說：「他們的這一支既然已埋伏在別人絕對想像不到的隱秘之處，不到必要時，為什麼要把自己暴露出來？」

他凝視少年，表情嚴肅：「這一類的埋伏奇兵，不到生死勝負繫於一髮的時候，是萬萬不能用的。」

「可是，」少年猶疑著：「我還是覺得用那些弓箭手作第一次攻勢的主力，未免太弱了些。」

「不弱。」長者說：「絕對不弱。」

他說得截釘斷鐵，但他卻絕不是個強詞奪理的人，所以他立刻就解釋。

「用這批弓箭手作首次攻勢，至少先占了三點優勢。」

「哪三點？」

「第一，慕容他們一定也像我們一樣，想不到對方會用弓箭手發動攻擊，而且在雙方還沒有對面的時候，就已發動。」長者說：「現在我雖然看得比較清楚，只不過是事後的先見之明而已，當時他們一定會很意外。」

出其不意，攻其無備，正是千古以來都顛撲不破的兵家至理，古往今來，每一位戰略家，每一位大將軍，都奉行不渝。

這個醉心於兵法的少年人，當然更不會有一點反對的意見。

「第二，弓弦一響，燈光立刻熄滅，表示他們的箭在射出時，就已瞄準了對象。」老者說：「可是被他們攻擊的對象，卻在一種完全沒有防備的情況下，眼前忽然變得一片黑暗，就好像一下子就從亮如白晝的燈火輝煌處，落入萬劫不復的黑暗深淵，非但他的眼睛不能適應，他們的心態也不能應變。」

這兩點雖然已足夠，可是他還是要用第三點來補足：「這一百零八位弓箭手，本來至少要對付一百人的，現在卻將攻擊力全都集合到他們身上，何況在黑暗中閃避暗器總是比較困難，縱然有聽風接箭的本事也未必有用。」

「因為他們要接的並不是三五根箭！」

「是的。」

「這麼說來，鐵大爺這一次攻擊難道完全成功了？」少年問長者。

長者不回答，只淡淡地笑了笑。

「其實鐵大爺並不是有勇無謀的人，他們要發動的第一次攻擊，其實包括了三個獨立的程序，弓箭作業，只不過是第一個程序而已。」

少年的眼睛忽然亮了起來。

「不錯，這一個程序，主要並不是為了殺人，而是為了要讓對方的陣腳動亂。」

長者微笑：「說下去。」

「像丁子靈那樣的高手，要避開這種弓箭絕非難事，也許在弓箭聲響時，他們就已脫離了攻擊區。」少年的神情很興奮：「可是他們的陣腳一亂，在黑暗中閃躍躲避追捕追擊，動亂間就難免會落入對方埋伏的陷阱裡。」

他急切地問：「當時情況，是不是這樣子的？」

長者笑得更愉快：「是的，當時的情況就是這樣子的。」他帶著微笑說：「令人想不到的是，第一個落入陷阱的人，居然是燕沖霄。」

少年對上一代的武林名人顯然都非常熟悉，所以立刻就說：「你說的是不是那個娶了五個男伶做妾的燕子相公？」

「是的。」長者又笑：「當然就是他。」

四

燕沖霄，五十三歲，飛雲提蹤術和燕子飛雲三絕手，都是江湖公認爲第一流的。第一流的輕功，第一流的暗器，第一流的高手。

他當然也是絲路先生所認定的第二組中的四位高手之一。

弓弦一響，燈光驟滅，燕沖霄已沖天竄起。

他當然知道那不是鬼哭而是急箭，可是他也沒想到射來的箭會有這麼多。

射過一排箭，燕沖霄凌空翻身！新力未生，舊力將盡，黑暗中忽然又有箭風破空。

想不到燕沖霄在這種情況下居然還能再以力藉力橫掠，越過屋脊。

可是這一次他身子再往下落時，就再也沒有什麼餘力可使了。他甚至可以感覺到胃在翻騰，頭腦也開始在不停地暈眩。

近來他常會有這種現象，每當激烈的運用真力後，就會覺得虛脫而暈旋。

所以他已經開始在警告自己，有時候他也應該想法子去接近一些嬌嫩可愛而又美麗溫柔的女人，尤其是那些胸部比較平坦的。

不太正常的事，總是比較容易耗損體力。

他落下來的地方，是條陰暗而狹窄的小巷，經過的老鼠遠比人要多得多，堆滿了垃圾的角落裡擺著個破舊的漆木馬桶。

這個馬桶居然是這條窄巷裡最乾淨的地方。

燕沖霄雖然仍在暈眩，可是眼睛卻習慣了黑暗，他很想找個地方坐下，他看見了這個馬桶，這地方又沒有什麼別的選擇。

只不過他坐下的時候，仍然保持著警覺，他袖中的「燕子飛雲三絕」隨時都可以發動，他坐下的地方也正好在這條死巷的死角裡，無論誰進來，都在他這種一筒十三發的致命暗器威力籠罩下。

他確信自己絕對是非常安全的，無論多可怕的敵手要來對付他，他都有把握先發制人。

所以他坐下來的時候，忍不住很舒服的嘆了一口氣。

——一個懂得自求多福的人，不管在多惡劣的情況，都可以找到機會舒服一下子的。

燕沖霄對自己這一點專長一向覺得很滿意。

想不到這一次他這口氣剛嘆出來，忽然間就變成了慘呼。

他的人忽然間就像是一條被人燒著了尾巴的貓一樣，從馬桶上直竄了起來。

他雖然沒有尾巴，可是尾巴本來是長在什麼地方的，那個地方他有。

他的人竄起來的時候，他的「那個地方」中間，赫然多了一把刀——也許只有半把刀，至少所看得見的只有半把。

另外半把，已經隱沒在他身子裡。

刀在一個人手上，這個人竟藏在這個絕對無法容人藏身的馬桶裡。

燕沖霄竄起，他也跟著竄起，刀鋒在燕沖霄身子裡，刀柄在他手裡。

一個人的身體裡如果有半截刀鋒從某個地方插了進去，他有多麼痛？那種痛苦恐怕不是任何一個別的人所能想像得到的。

一個人痛極了的時候，什麼力氣都可以用出來了，何況燕沖霄本來就有一飛沖霄的輕功，所以他這一竄，速度一直不減。

握刀的人卻覺得這一刀已經刺得夠深了，所以身子已經開始往下落。

一個上竄之勢不減，一個已在下墜，刀把猶在手，隱沒的刀鋒，立刻出現，隨著握刀人的下墜而出現。

於是鮮血就忽然從刀鋒出沒處花雨般灑了出來。

燕沖霄死不瞑目。

他永遠想不到有人能藏身在一個高不及三尺，直徑不及尺半的馬桶裡。

他更想不到致他於死命的一刀，竟刺在他這一生最大的一個弱點上。

呂慎和呂密是兄弟，他們練的功夫是掛劈鐵掌、開山鐵斧這一類的外門硬功，可是他們的心思卻綿密細緻如抽絲。

他們是第二組的人，可是在江湖中，他們已經是第一流的好手。

他們聽風辨位，辨出了一組箭射出的方向，閃避過這一遭箭雨後，他們立刻就乘隙飛撲到這裡。

這裡是個廚房，依照它的位置和方向推測，應該就是「盛記」的廚房。

「盛記」的生意一直做得很大，人手用得很多，人都要吃飯，他們的廚房當然很大，鍋灶當然也很大。

可是現在「盛記」上上下下裡裡外外連一個人都沒有，廚房裡的大灶卻還有火，灶火還燒得很旺，兩個灶口上，一邊一個大鐵鍋，一邊一個大蒸籠。

——一個可以藏住一個人的大鐵鍋，和一個可以藏住一個人的大蒸籠。

呂氏兄弟對望一眼，眼角有笑，冷笑。就在這一瞬間，他們兄弟已經到了大灶前。一個人用左手掀大鍋的鍋蓋，一個人用右手提蒸籠的籠蓋。

——他們兄弟的掌力，一個練的是右手，一個練的是左手。

左手提鍋蓋，掌力在手，鍋蓋一起，右掌痛擊，一擊斃命。

不管藏在鍋裡是什麼人都一樣。左掌擊下時，籠中人的命運當然也一樣。

唯一遺憾的是，他們這一掌竟沒有擊下去，因爲鍋裡沒有人，籠中也沒有人呢？

呂氏兄弟忽然慘呼如狼嘷，大灶裡的火燄中，忽然刺出了兩根通紅的鐵條，忽然間就已插入了他們的小肚子裡。

這兩根鐵條無聲無息的刺出，直到刺入他們的小腹後，才發出「嗤」的一聲響。一響之後，忽然又無聲無息。

聽見這一聲響，呂氏兄弟才低下頭，眼中立刻湧滿了說不出的驚恐懼怕之色。

他們赫然發現他們的小肚子上在冒煙，而且還發出了一陣陣毛燎火焦的惡息。

他們忍不住開始嘔吐。

嘔吐並不是太壞的事，只有活人才會嘔吐，只可惜他們一開始嘔吐，忽然間就吐不出了。

——你有沒有看見過一個嘔吐的死人？你有沒有看見過死人嘔吐？

大灶忽然崩裂，兩個黑衣人在燃燒的火燄中翻飛而起，就好像剛從地獄中竄出來的一樣，黑衣上還帶著一星星一星星閃動的火花。

燈籠是用一種透明的桑皮紙糊成的，高高的掛在一排高簷下，輕飄飄的隨風飄動。

如果說有人能夠藏在這麼樣一個燈籠裡，有誰會相信？

誰能一直輕飄飄的懸掛在高簷下，隨著燈籠不停地搖晃？

這根本是不可能的事。

何況燈籠是透明的，就算有一個精靈般的人能夠把自己的身子如意縮小塞進燈籠懸掛在高簷，外面還是可以看得見。

所以慕容門下第二組中戰績最輝煌的虎丘五傑到了這裡，戒備之心也減弱了。

因爲他們還不是真正的大行家，還不知道江湖中隨時都會有一些不可能的事發生，因爲這個世界上本來就有很多不可思議的人、事、物。

有一種用很奇秘的方法製成的桑皮紙，其中甚至還混合著一些很珍貴的汞，這種紙就是從外面絕對看不到裡面的，裡面卻可以看見外面。

有一種人只用一根手指就可以把自己懸掛在一個極小的空間裡，把自己的肌肉骨骼都縮小到人類所能忍受的極限。

這些人忍受痛苦和飢餓的耐力，幾乎也已到了人類的極限。

虎丘五傑不能了解這些人的耐力，所以他們就死定了。

就在他們心情最放鬆的一瞬間，燈籠裡已經有人破紙而出，人手一刀，刀光閃動，動如電擊，在刀光一閃間就已操刀割下了他們的頭顱。

這些人割頭的動作雖然沒有那個紅衣小兒那樣快，可是已經夠快了。

被他們割下的頭顱落地時，有的眼睛還在眨動，有的眼中還帶著鮮明的恐懼之色，有的舌頭剛吐出來，還來不及縮回去，有人身上的肌肉還在不停顫動。

那種顫動，居然還帶著一種非常美的韻律，看來竟有些像是一個處女第一次被一個男人擁抱時那種震顫一樣。

——在這種顫動下，處女很快就會變成不是處女，活人也很快就變成死人了。

為什麼在生命中動得最美的一些韻律，總是不能久長？

每一個有人住的地方都有棺材舖，就正如那地方一定有房屋一樣。

有人活，就有人死，人活著要住房屋。死人就要進棺材。

一個地方的房屋大不大，要看這個地方的人活得好不好。一戶人家裡的床鋪大不大，就不一定要看這一家的男女主人是不是很恩愛了。

因為恩愛的比例和床鋪的大小，並沒有十分絕對的關係，有時候夫妻愈恩愛，床鋪反而愈小。

可是一個地方的棺材舖大不大，就一定看這個地方死的人多不多了。

這個小鎮上死的人顯然還不夠多，至少在今天晚上之前還不夠多。

所以小鎮上這家棺材舖裡，除了賣棺材之外，還經營一些副業。

賣一點香燭錫箔紙錢庫銀，爲死人修整一下門面，準備一些壽衣，替一些大字不識幾個的紳士們，寫幾幅並不太通順的輓聯，偶爾甚至穿起道衣拿起法器來作一場法事，畫幾張符咒。

如果運氣好的話，而且剛好有這檔子買主，一個死人身上還有很多東西都可以賺錢的，有時候甚至連毛髮牙齒都能換一點散碎銀子。

可是他們最大的一宗生意，還是紙紮。

一個有錢人死了，他的子孫們生怕他到了陰世後不再有陽世的享受，不再有那些華美的居室器用車馬奴僕，所以就用紙黏紮成一些紙屋紙器紙人紙馬來焚化給他，讓他在陰間也可以有同樣的享受。

這只不過是後人們對逝去的父母叔伯祖先所表示的一點孝思而已，不管他們所祭祀的人是不是真的能享受得到都一樣要做的，孝順的人固然要做，不孝的人有時反而做得更好。

所以棺材店的生意就來了。

棺材店給人的感覺總是不會很愉快的，在棺材店做事的人，整天面對著一口口棺材，心情怎麼會愉快得起來？

棺材店的老闆見到有客人上門，就算明知有錢可賺，也不能露出一點高興的樣子，上門來的顧客，都是家裡剛死了人的，如果你鮮蹦活跳，滿臉堆歡的迎上去，你說像不像話？

來買棺材的人，就算明知死人一入土，就有巨萬遺產可得，心裡就算高興得要命，也要先把眼睛哭得紅紅腫腫的才對。

在棺材店裡，笑，是不能存在的。可是現在卻有一個人笑瞇瞇的進來了。這個人叫程凍。

程凍今年雖然只有四十七，可是三十年前就已成名，成名之早，江湖少見。可是江湖中人也知道，在三十年前他成名的那一戰之後，他的心和他全身上下每一個部分都已冷凍起來了。

——一個人成名的一戰，通常也是他傷心的一戰，一戰功成，心傷如死，在他以後活著的日子裡，有時甚至會希望在那一戰裡死的不是他的仇敵而是他。

所以程凍早就不會笑了，可是他的臉看來卻好像終年都在笑，甚至連他睡著了的時候都好像在笑，因爲他臉上有一道永生都無法消除的笑痕。

一刀留下的笑痕。笑痕也如刀。

所以他雖然終年都在笑，可是他也終年都在殺人。江湖中大多數人只要見到他的笑臉，刀光猶未見，就已魂飛魄散了。

有程湊的地方，就有郭溫，兩個人形影不離，天涯結伴，二十年來，從未失手。

現在他們兩個人都已走進了這家棺材店，郭溫手裡的一個火摺子，燈火閃動明滅，照著後院天棚裡五口已經做好上漆直立放著的棺材，兩口還沒有完工的白木，三間紙紮的房子、四五個紙紮的紙人「二百五」。

黑暗中驚叱慘叫之聲不絕，也不知有多少同伴已落入了對方的陷阱埋伏。

這個棺材店更是個殺人的好地方，對方將會埋伏在哪裡？

程湊和郭溫很快地交換了個眼色，眼角的餘光，已盯在那三口直立著的棺材上。

兩口白木棺尚未完工，棺蓋還斜倚在棺木上，棺中空無一物，紙紮的芻人房舍，下面用竹支架著，也沒有人能懸空藏進去。

這裡如果有埋伏，無疑就在這三口直立著的棺材裡。這兩個身經百戰的武林高手，手上已蓄勁作勢，準備發動他們致命的一擊。

可是等到他們開始行動時，攻擊的對象卻是那些紙紮的房舍騍馬人物。

他們對這一擊顯然極有把握。

經過那麼精心設計的埋伏，絕不會設在任何人都能想像得到的地方，經過那麼精心挑選過的死士，當然有能力藏身在任何人都無法藏身的藏身處。

出其不意，攻其無備，如果不是這種埋伏，怎麼能對付他們這種高手？

程湅用刀，四尺二寸精鋼百煉的緬鐵軟刀，平時繞腰兩匝，用時一抽，迎風而挺，一招「橫掃千軍」，十人折腰而死。

郭溫也用刀，練子掃刀，刀長二尺八寸，練子長短由心，有時候還可以作飛刀使，刀刃破空，取人首級於百步外。雖帶練子，用的卻是剛勁。

雙刀齊飛，剛柔並用，在江湖中，這幾乎已經是一種所向無敵的絕技。在他們雙刀齊展「橫掃千軍」時，幾乎沒有人能在他們刀下全身而退。

這一次也不例外。

刀光飛揮，紙屑紛飛。

可是只有紙屑，沒有血肉，他們攻擊的對象，只不過是些紙紮而已，埋伏並不在。

——埋伏在哪裡？

程湅和郭溫一刀掃出，心已往下沉。

心可以沉，也可以死，人卻不可以。心死只不過悲傷麻木而已，還可復甦，生死之間，卻別無選擇的餘地，也絕無第二次機會。

這一點他們都明白，只要是曾經面對過死亡的人都明白。

也只有這種人才能明白。

——真正面對死亡的那一刻，一個人心裡是什麼感覺？是一片空白？還是一片空明？是驚駭恐懼？還是絕對冷靜？

我可以保證，那絕不是未曾經歷過這種事的人們所想像得到的。

我想，大概也只有曾經真正面對過死亡的人，才敢作這樣的保證。

程凍和郭溫的心雖然直往下沉，全身的肌肉卻已繃緊。

就在這一剎那間，他們已將他們生命所有的潛力全都逼入他們的肌肉裡，逼入他們全身上下每一塊肌肉裡。

只有肌肉的活力，才可以產生身體的彈性推動，只有這種「動」，才能製造閃避和攻擊。

——避開危機，攻向另一個潛伏的危機，以攻爲守。

冷靜如已凍結的程凍，溫良如美玉的郭溫，在這一剎那間，竟忽然做出了一件他們平常絕對不會做的事。

他們竟忽然極放肆的放聲大喝。

大喝一聲，胸腔擴張，腹部緊縮，把肺部裡積存的真氣全都壓榨出來，剛剛注入肌肉中的潛力，也在這同一瞬間迸發。

這種力量使得他們的身子竟然能在一種絕不可能再有變化的情況下，從一個絕不可能的方向，用一種絕不可能的程度翻身回竄。

刀光閃動，赫然又是一招橫掃千軍，三口嶄新的上好棺材也在刀光下碎裂。

這一次應該是絕對不會失手的。

他們的眼中滿佈紅絲，就像是兩個渴血的殭屍，渴望著能見到鮮血在他們的刀下湧出。

可惜這一次他們又失望了。

「奪」的一聲響，雙刀同時釘入天棚的橫樑，把兩個人懸掛在半空中，像鐘擺般不停地搖盪。

——一次錯誤，也許還可補救，兩次錯誤，良機永失。

——難道這裡根本沒有埋伏？

不可能。

——埋伏在哪裡？

不知道。

程涑和郭溫現在只希望能借這種鐘擺般擺動的韻律，在最短的時間裡使自己的氣力恢復。

只可惜他們已經沒有機會了。

高手相爭，生死一瞬，只要犯了一點錯誤，已足致命。

一個連續犯了兩次錯誤的人，如果還想祈求第三次機會，那已不僅是奢望，而且愚蠢。

奇怪的是，大多數人都是這樣子的。

因為一個人到了絕望時，思想和行為都會變得遲鈍而愚蠢，因為那種絕望的恐懼，已經像刀一樣切斷了他們敏銳的反應。

就在這一瞬間，擺在地上那兩口空無一物的棺材忽然飛起，棺底之下忽然飛躍出三條黑色的人影。

程涑和郭溫眼看著這三條人影飛起時所帶動的寒光閃電般刺向他們的咽喉和心臟，卻已完全沒有招架閃避的餘力。

他們忽然覺得自己就是條像已經被吊在鐵鈎上的死魚，只有任憑別人的宰割。

這是他們第一次有這種感覺。也是最後一次。

五

「程涑冷酷謹慎，郭溫機警敏捷，兩人聯手，所向無敵，我相信他們這一生中一定從未有過那種絕望的感覺。」長者嘆息。

「我相信他們以後也不會有那種感覺了。」少年說：「死人是沒有感覺的。」

「所以一個人活著的時候，就應該好好利用他的思想和感覺，永遠不要把自己像條死魚般吊在那裡任人宰割。」

「是的。」少年很嚴肅的說：「這一點我一定會特別小心。」

他的神情不但嚴肅而且恭謹，因爲他知道長者對他說的並不是老生常談，而是個極爲沉痛地教訓。

長者又問他。

「現在你在想什麼？」

「我在想，等到燈火再亮起時，那位慕容公子帶去的人還會剩下幾個？」

「剩下的當然已不多。」

「柳明秋一去之後就全無消息，慕容既不問他是否得手，也不去查明他的生死下落，就貿然帶著一批人去赴約，而且居然是堂堂皇皇的走進那個根本一無所知的死鎮。」

少年的聲音裡充滿憤怒：「我認爲這種做法不但愚蠢，而且可惡。誰也沒有權力要別人陪他去送死。」

「你當然會認爲這種做法可惡，我在你這種年紀的時候，也會這麼想的。」

「現在呢？」少年問長者：「現在你怎麼想？」

長者沉思，然後反問：「你還記不記得他們這次行動被稱爲什麼行動？」

少年當然記得，用「飛蛾」作爲行動的代號，實在很荒謬。

可是荒謬的事，卻又偏偏會讓人很難忘記。

「飛蛾行動。」少年突然變色：「難道他們這次行動的目的，就像是飛蛾撲火一樣，本來就是要去送死的。」

長者微笑。

微笑有時候只不過是一個人在心情愉快時所表現出的行爲，有時候也可以算作一種回答。

對一個自己不願回答，或者不能回答的問題所作的回答。

少年也在沉思。似乎也沒有期待長者回答他這個問題。

——別人不願回答的問題，通常都只有自己思索。用這種問題去問別人，通常都只不過是自己思索中的一個環節而已。

「我明白了。」少年忽然說：「他們這次行動根本就是要去送死的。」

「哦？」長者淡淡地反問：「你認爲這個世界上真的有這麼多人想死？」

「我沒有這麼想。」

「不想死的人爲什麼要去送死？」

「他們當然另外有目的。」

「什麼目的？」

「他們……」少年忽然改口：「我的意思並不是說他們，而是說他。」

「我不明白你的意思。」

「他們是那些去送死的人，他是要那些人去送死的人。」少年拚命想把自己的意思解釋得更清楚：「他要他們去送死，只因爲他另有目的，那些不明不白就死掉的人，也許根本就不知道是怎麼回事。」

長者凝視著他，過了很久之後才問：「你認爲是怎麼回事呢？」

「我認爲這件事從頭到尾只不過是個圈套而已。」

「圈套？」

「慕容帶那些人去送死，只不過要把自己先置之於死地而後生，讓別人都認爲他已經死定了。」

這種想法是很奇怪的，既不合情，也不合理。

可是他的師長看著他的時候，眼中卻帶著極爲滿意的表情。

「慕容爲什麼要讓別人認爲他已經死定了呢？」少年自己問自己。

這種問題通常都只有自己能回答。

「我想過很多種理由。」少年回答自己：「我想來想去，到最後只剩下三個字。」

「三個字？」長者問：「哪三個字？」

「楚留香。」

第三部

死人

楚留香已經死了，江湖中都知道他已經是個死人。

在一個邊荒小鎮上，經過了很多曲折詭秘的過程之後，正在進行的一場生死之戰，和一個已經死了多時的楚留香有什麼關係？

就算楚留香是千百年來江湖中最有名的名人之一，可是一個名人如果已經死了十幾個月，也只不過是個死人而已。

一 要命的人

一

兩個人死了，一個有名，一個無名，可是在別人看來，都是一樣的。

都一樣只不過是一個死人，一具屍體。

在一件極詭秘複雜的行動中，一個死人是絕不會造成太大的作用的。

楚留香死了，也只不過是個死人而已，跟別的死人也沒什麼不同。

這一次行動的原因，爲什麼會是他？

二

燈火忽然又亮起，點亮了這條長街。

就在剛才那片刻間，這條長街上已不知發生了多少必將流傳江湖的搏擊刺殺拚鬥，也不知有多少曾經叱吒一方的武林高手，在這裡流血至盡而死。

可是長街依舊。

——因爲長街沒有生命，也沒有感情，所以長街依舊冷寂。

什麼人都看不見了，活人不見，死人也不見，甚至連屍體和血跡都看不見。

如果那時你也在那條長街上，除了那一家彷彿已變成鬼屋的店鋪，和那一盞盞也好像帶著點森森鬼氣的燈火外，你只能看見三個人。

一個面色蒼白、輪廓突出，全身上下都好像帶著種上古貴族那種風姿和氣質的人。

——是慕容。

他一直都安安靜靜地坐在那裡，瞬息間的黑暗，瞬息間的光亮，瞬息間的兇殺，瞬息間的死亡，都好像跟他連一點關係都沒有。

甚至連毀滅都好像跟他全無關係。

這個人非但對他自己的生死存亡全不關心，對這個世界是否應該毀滅也全無意見。

他唯一關心的事，好像只不過是遠方一個虛無縹緲的影子。

一個看來宛如蘭花般的影子。

此刻正在午夜前後！

另一個人穿一身直統統的長袍，以白巾蒙面，可是看起來還是帶著種令人無法抗拒也無法形容的魅力，就算把她藏在山間埋入土中也一樣，她這種魅力，就算千千萬萬里之外，也一樣可以讓你牽腸掛肚。

這種魅力是每一個成熟的男人都可以感覺得到的，但卻偏偏沒有一個人能說得出來。

第三個人就站在他們對面，就這麼樣隨隨便便地站著，可是無論任何人看見他，都會覺得這個人是與眾不同的。

這個人究竟有什麼不同的？誰也說不出來，因爲他根本就沒有什麼特別出眾的地方。

他並不突出，可是看起來卻有一種懾人的威儀，他並不英俊，可是看起來卻非常有吸引力。他的肌肉雖然已漸鬆弛，可是看起來卻依然如少年般矯健靈活。

因爲他每一次出現時，都是經過精心設計的。

他出現的地位，燈火照射到他身上的角度，他站立的姿勢和方位，他的髮型和服裝，每一樣都由專家精心設計過。

因爲他是鐵大爺。不但是老闆，而且是老大。

鐵大爺遠遠地看著慕容，慕容也在看著他。兩個人的神情居然全都很冷靜。燈光的陰影使得鐵大爺臉上的輪廓變得和慕容同樣明顯突出。

只不過他們還是有些地方不同的。

——慕容雖然坐著，可是看起來好像還是比鐵大爺高得多。

——有種人好像天生就是高高在上的！

鐵大爺無疑也有這種感覺，因爲他已被激怒。也只有這種感覺，才能使他這種身經百戰由低處爬起的江湖大豪激怒。

可是就在他開始發怒的時候，他臉上反而有了笑容。

——你有沒有聽說過有些人在殺人時總是先笑一笑？

慕容當然應該看得出此刻站在他面前的是個極不簡單的人，也應該看得出這個人笑眼中的殺意和埋伏在四面的殺機。

他自己帶來的人卻好像已經在剛才那一瞬間突然全都被黑暗吞沒。

就算是個從來不怕死的人，到了這種時候，也難免會緊張起來的，就算不害怕，也難免會緊張。

慕容卻好像是例外。

鐵大爺冷冷地看著他。忽然嘆了口氣，而且是真的嘆了口氣。

「你不該來的，」他居然對慕容說：「雖然你是條好漢，可是你實在不該來的。」

「爲什麼？」

「因爲我要找的是上一代的慕容，不是你。」大爺說：「何況你根本不是慕容家的人。」

——慕容青城故去後，慕容無後，就將他們表親家的二少爺過繼到慕容家來，承繼這一門的香煙，當然，也接掌了江南慕容的門戶。

這件事在江湖中已經不是秘密。

「我調查過你，」鐵大爺說：「我對你的了解，大概要比你想像中多得多。」

「哦？」

「你不但是條好漢，也是個人才，在少年時就曾經替慕容家策劃過很多件大事，成績都不錯，所以慕容家這次才會選中你繼承他們的門戶。」大老闆說：「所以我才想不通。」

「什麼事想不通？」

「我實在想不通這次你爲什麼一定要來送死？」鐵大爺說：「這一次你不但計劃欠周密，行動更疏忍，簡直就像是故意來送死的。」

慕容忽然笑了，此時此刻，誰也不明白他怎麼還能笑得出來？

——你知不知道有些人在明知必死之前也會笑的。

三

多年後那位求知若渴的少年對當時那一戰所作的結論雖然荒謬，可是他的前輩長者並沒有責備他，只不過問了他幾個很簡單的問題。

——在這裡，作為一個執筆記敘當年那一戰的人，必須要說明的是，因為那一戰非但對江湖的影響很大，而且波及很廣，其計劃之精密、戰略之奇詭，更被江湖人推崇為古今三大名戰之一，策劃這一戰的人，當然更是不世出的奇才。

所以直到多年後，還有人討論爭辯不息。

在那一天，長者對少年提出的第一個問題是：「你能確定引起這一戰的主要原因是楚留香？」

「是的。」

「你為什麼能確定？」

「因為誰也沒有看見楚留香是不是真的死了。」少年說：「他死的時候，沒有人在場，他死後，也沒有人見他的屍體。」

「神龍不死，不見其尾，神龍如死，首亦不見。」長者說：「連麝象之屬，死前還要去找一個隱秘之地讓自己死後不被打擾，何況香帥？」

「是的，這道理我也明白。」少年說：「有些人的確就像是香帥一樣，其生，見首而不見其尾。其死，鴻飛於九天之外。」

「那麼你還有什麼問題？」

「問題是，像這麼樣一個人，怎麼會死得那麼容易？」少年說：「他死時，是不是真的已經死了？他的死，是否只不過是一種手段而已？」

他甚至還提醒他的長者：

「古往今來，也不知有多少名俠、名將、名士都曾經有過這種情況，因爲他們都太有名了。」

——一個人如果太有名了，就難免會有很多不必要的煩惱，如果他要完全擺脫這種煩惱，最徹底的一種方法就是「死」。

「問題是，他是真死？還是假死？」

長者嘆息。這道理他當然也明白，也許比這個世界上大多數人都明白得多。

他臉上每一條皺紋，都是生命的痕跡，有些雖然是被刀鋒刻劃出來的，卻還是不及被辛酸血淚慘痛經驗刻劃出的深邃。

「如果你的理論可以成立，那麼一個像楚留香這樣的人，得到了這麼樣一個機會，可以悠悠閒閒地度過他這一生，做一些他本來想做而沒有時間去做的事，從容適意，再無困擾，」長者嘆息，嘆息聲中充滿了羨慕：「一個人如果這麼樣的『死』了，還有什麼事能讓他復活？」

「有的，」少年的回答還是很肯定：「遲早總是會有的。」

「哦？」

「因爲每個人一生中都會做一些他本來不願做的事。尤其是像楚香帥這樣的人。」

「有所不爲，有所必爲。」少年說：「每個人這一生中都要做一些他本來不願做的事，他的生命才有意思。」

「這是誰說的？」

「是你說的。」少年道：「自從你對我說過一次之後，我從來都沒有忘記，何況你已不知道對我說過多少次。」

——這也不是老生常談。這也是從不知道多少次痛苦經驗中所得的教訓。每說一次，感覺都是不一樣的。

說的人感覺不一樣，聽的人感覺也不一樣。

長者苦笑，只有苦笑。

只不過他還是要問，因爲問話有時也是種教訓。

因爲你自己回答出的話，總是會比別人強迫要你記住的話更不易忘記。

「如果楚香帥真的沒有死，正在過一種他久已嚮往的生活，」長者問少年：「那麼你認爲這個世界上還有什麼事能迫他重返江湖？」

我們甚至可以去想像，「他」正乘著他那艘輕捷舒適快速而華美的帆船在遨遊湖海，正在享受著甜兒的蜜意，蓉蓉的柔情，紅袖的甜香。

現在他甚至很可能已經到了波斯，做了他們王室的上賓，正斜倚在柔厚如雲絮般的地毯上，淺啜著一杯用水晶夜光杯盛著的葡萄美酒，斜倚著蓉蓉的肩，輕觸著甜兒和紅袖的手，欣賞著波斯舞娘肚皮上肌肉那種奇妙的韻律和顫動。

在這種情況下，還有什麼事能令人重返江湖間的兇殺恩怨腥風血雨中？

「有的。」少年說：「一定有的。」

他說得更肯定：「每個人都必須爲某些事付出代價，如果不去做那件事，他就不是那個人了，也不配做那個人了。」

「你說的是哪些事？」

「朋友間永恆不變的友情和義氣，一種一言既出永無更改的信約，一種發自內心的虧欠和負疚。」少年的表情嚴肅得已經接近沉痛：「還有一種兩情相悅生死不渝的愛情。」

——這個少年忘了說一件事，他忘了說「親情」。

血濃於水，親情永遠是人類感情中基礎最深厚的一種，也是在所有倫理道德中最受人推崇敬仰的一種。

這個少年沒有提及這種偉大的感情，只不過是因爲他根本不能了解這種感情的深厚與偉大。

因爲他是個出生時就被棄置在陰溝邊的孤兒。

長者了解少年的感情，所以他只說：「我也有很多朋友是很重感情的，有的人重友情，有的人重孝悌，有的人重情，有的人重義，」長者說：「他們情之所重之處，也就是他們的弱點。」

「是的。」少年說：「情之所鍾，雖然令金石爲開，可以換句話說，別人只要有一分之情，也一樣可以把他的心劈開成兩半。」

「說得好。」長者出自真心：「你說得好。」

「香帥之所以能夠成爲香帥，就因爲他有情，」少年說：「他有情，所以才能以真心愛人，他以真心愛人，所以別人才會以真心愛他，就算在生死一髮的決勝之戰中，他往往也是憑這一份對生命的真情真愛才能摧毀對方的意志而反敗爲勝。」

——這道理更難明白，可是長者也明白。

一個沒有愛的人，怎麼會有信心，一個沒有信心的人，怎麼能勝？

少年的聲音中也充滿信心：「如果要楚香帥復活，當然也只有用這一個『情』字去打動他。」

他凝視著長者：

「一個人情之所重，就是他的弱點所在，可是如果有人問我香帥的情之所重在哪裡？我卻無法回答。」少年說：「因爲他的情是無所不在的。」

長者沉默。

在這一瞬間，他的表情忽然也變得很嚴肅，不但嚴肅，而且還帶著種適度的尊敬。

他忽然發現他面前這個年輕人已經長大了。

「你的意思是說，江湖中有一部分對楚留香深爲忌憚的人，一直都不相信他真的死了？」

長者歸納少年的意見：「爲了要證實這一點，他們甚至不惜投下極大量的人力和物力，組成一個機密的組織，來實行一個極周密的計劃？」

「是的。」少年說：「我的意思就是這樣子的。」

「要進行這個計劃，第一，當然是要找一個楚留香非救不可的人，將他置入險境。」

「不錯。」

「可是楚留香縱然未死，也已退出江湖，又怎能會知道他有這麼樣一個至親好友在險境？」

長者自己回答了這問題：「要確定楚留香一定會知道這件事，當然要先讓這件事轟動江湖。」

——江南慕容與鐵大爺這一戰，雙方各率死士遠赴邊陲，使一鎮之人全都離家避禍，這一戰在未戰之前就已轟動！

「所以你認爲這一次飛蛾行動，是完全符合這些條件的？」

「是。」少年斷然道：「我相信絕對完全符合。」

「可是我卻還有一點疑問。」

「哦？」

「江湖傳言，都說楚香帥之死，是被當年慕容世家的家長『青城公子』設計陷害的。」

——慕容青城利用他絕色無雙的表妹林還玉，將楚香帥誘入了一個萬劫不復的黑暗苦難屈辱悲慘深淵，使得這位從來未敗的傳奇人物，除了死之外，別無選擇之途。

這些話已經不僅是江湖人之間的傳言了，已經流傳成說評書的先生們用來吸引顧客的開場白。

這故事少年當然也知道的，所以長者問他：「慕容和香帥既然有這麼樣一段恩怨，香帥爲什麼要救這一代的慕容？」

少年沉默著，過了很久才說：「香帥是個多情人，而且是屬於大眾的，是大眾心目中的偶像，如果說他這一生中只有一個女人，那是不可能的，也是不合理的。」少年強調：「如果說他一生中只有一個女人，至少我就會覺得他不配做楚留香。」

他不回答長者的問題，卻先說了這一段和他們討論的主題完全無關的話，長者居然也平心靜氣地聽著他說下去。

「這麼樣一個人情感也許已經很麻木，可是等到他真正愛上一個女人的時候，他愛得也許比任何人都深。」少年淡淡地說：「這種人的情感，我能了解。」

長者看著他，眼中帶著些感傷，也帶著微笑，「你最近了解的事好像愈來愈多了。」

少年也笑了笑。笑中也有感傷。

「我想每個人都是這樣子的。」少年幽然：「歲月匆匆，忽然而逝，得一知心，死亦無憾。」

他說：「我想香帥一定也是這樣子的，所以他就算是因林還玉而死的，也毫無怨尤，何況林還玉在他失蹤後不久，也香消玉殞了。」

他說得淡如秋水，實情卻濃如春蜜。

——一個被人利用的絕色少女，被她的恩人逼迫而去做一件她本來不願做的事，當然知道她心目中唯一的情人與英雄已經因爲她做的這件事而走上死路，她怎麼還能活得下去？

這不是一個充滿了幻想的浪漫的故事，也不是說給那些多愁善感的少年少女們聽的。

這是江湖人的事。

——江湖人是一種什麼樣的人呢？

在某一方面來說，他們也許根本不能算是一種人，因爲他們的思想和行爲都是和別人不同的。

他們的身世如飄雲，就像是風中的落葉，水中的浮萍，什麼都抓不住，什麼都沒有，連根都沒有。

他們有的只是一腔血，很熱的血。

他們輕生死，重義氣，爲了一句話，什麼事他們都做得出。

在他們心目中，有關「楚留香之死」這件事，絕不是一個浪漫的故事，而是一件可以改變很多人命運的陰謀，甚至可以改變歷史的陰謀。

對江湖人來說，這件事給他們的感覺絕不是那麼哀淒悲傷的浪漫，而是一種無法描述的沉痛，就好像鞭子鞭笞在心裡那種感覺一樣。

——沒有一天是安靜的，沒有一天可以過自己想過的日子。

沒有一天可以讓你跟一個你所愛的人過一天安寧平靜地日子，也沒有一天可以讓你做一件你想做的事。

——然後呢？

然後就是死。

——如果你運氣好，你就會到達高峰，到了那時，每個人都想要你死，不擇一切手段想要你死，用盡千方百計想將你置之於死地。

——如果你運氣不好，你早就已經是個死人。

連楚留香都不能例外，何況別人？

於是江湖人開始傷心了，甚至最豪爽開朗的江湖人都難免傷心了。

甚至連楚留香的仇敵都難免爲他傷心，把林還玉看成一個蛇蠍般的女人。

只有楚留香自己是例外。

因爲他們不但相愛，而且互相了解，所以林還玉臨死前也說：「如果他還活著，一定會原諒我的，不管我對他做過什麼事，他都會原諒我的，因爲他一定知道我對他的感情。」她說：「就算什麼事都是假的，我對他的感情絕不假。」

她說的話也不假。

——這個世界上還有什麼比死更真實的事？

「香帥一定要救慕容，只因爲這一代的慕容，是從林家過繼來的。」少年說：「林家和慕容是姑表親，這一代的慕容就是林還玉的嫡親兄弟。」

有一夜，在月圓前後，是暮春時節，在遠山中一個小木屋裡。

有兩個人，兩個人之間什麼都沒有了，只剩下一片濃得化不開的柔情。

就在那一天，楚留香曾經告訴她，願意爲她做一切事。

她只要他做一件。

——她要他照顧她的弟弟。

「他是我在這個世界上唯一的親人，我希望你能善待他，只要你活著，你就不能讓他受到別人的侮辱欺凌。」她說：「你只要答應我這件事，我無論死活都感激你。」

楚留香答應了她。

有了這句話，楚留香如果還活著，怎麼會讓他死在別人手裡？

「置之死地而後生，用這句話來形容這件事，雖然有些不妥，卻也別有深意。」長者嘆息：「在這種情況下，香帥好像只有復活了。」

「應該是的。」

「那麼這個計劃無疑是成功的？」長者問。

「縱然成功，也爲後世所不齒。」

「這什麼？」

「因爲它太殘酷。」

「殘酷？」長者說：「兵家爭勝，無所不用其極，你幾時見過戰爭上有不殘酷的人？」

「我的意思不是這樣子的！」

少年沉吟：「我的意思是說，這個計劃不但殘暴，而且完全喪失了人性！」

他又強調補充：「表面上看來，這個計劃好像是非常理智而文雅的，其實卻殘忍無比，只有完全滅絕了人性的，才能做得出這種事。」

他一連用了殘酷、殘暴、殘忍三個名詞來形容這件事，連嘴唇都已因憤怒而發白。

「這個計劃中最可怕的一點，所有在這次計劃中喪生的人，全都是無辜的，而且完全不知內情。」少年說：「他們本來是爲了一點江湖人的義氣去做一次名譽之戰，雖死不惜，如果他們知道他們只不過是一批被利用的工具而已，我相信他們一定死不瞑目。」

少年很沉痛地接著說：「在江湖人心目中，這一點是非常重要的。」

「我明白，」長者的聲音也很沉重：「尤其是『明察秋毫』柳先生，他的死，實在令人痛心。」

——柳先生當然要死，如果他不死，如果他破了絲網，這次的飛蛾行動，豈非要功敗垂成？

但是這次行動，既然名爲「飛蛾行動」，那個結果就是早已命定了的。撲火的飛蛾，只有死。柳先生是飛蛾，所以柳先生當然也只有死。

死了的人不會知道內情，當然更不會告訴別人攻擊行動的始末，所以這個事件，其後的發展，只有落到那個還沒有死的人身上。他，其實也就是整個事件的策劃者。

——天下有什麼比這個事件更難以讓人理解？因為行動如果成功了，反而對他來說，是絕對的失敗，行動失敗，對他來說，才是成功了，徹底失敗便是完全成功，死亡竟成了他最大的勝利。

「在這次事件中，還有兩個非常重要的人，我們好像一直都忘記了。」少年說。

他說的當然就是那兩個穿白布長袍，以白巾蒙面，一直跟隨在慕容身邊的少女。

「尤其是小蘇。」

——小蘇就是蘇蘇，姓蘇，名字叫蘇，就是陪柳先生去突襲絲網的人。

也就是要柳先生命的人。

「她是一步暗棋。」

少年自己爲自己解釋：

「慕容當然很了解柳明秋，所以先把她們兩個人安排在身邊，因爲他確信柳明秋一定可以看得出她們的潛力。」

「這只不過是慕容把她們安置身邊的一部份理由而已。」

「不管怎樣，柳先生在突襲絲網時，果然選中了蘇蘇作他的搭檔。」少年說：「因爲柳先生雖然明察秋毫，可是再也想不到慕容身邊最親近的人，會是致他死命的殺手。」

「就因爲他想不到，所以小蘇才能置他於死。」

是的。

「像柳明秋這樣的人，本來根本不會有『想不到』這種情況，因爲他根本不會相信任何人。」

「因爲無論在任何一個老江湖的心目中都絕不會想到這麼樣一次計劃周密的行動，它的目的竟是求敗，而非求勝。」

少年嘆息：「這一次行動，的確可以說改寫了江湖的歷史。」

可是無論在任何一種情況下，要刺殺柳明秋這麼樣一個人還是很困難的，蘇蘇這個人本身當然還是有她的條件。

——刺殺高手，必須的條件就是速度和機會。一定要能在一刹那間把握住那稍縱即逝的機會。

這兩點都需要極嚴格的訓練。一種只有非常職業化的殺手才能接受到的嚴格訓練。

「一個像蘇蘇那麼年輕的女孩子，會是這麼樣一個人嗎？」

「應該是的，」長者回答：「要訓練一個能在瞬息間致人於死的殺手，一定要在他幼年時就開始，有時甚至在他還未出生前就已開始。」

「那麼我又有一點想不通了。」

「哪一點？」

「一個經過如此嚴格訓練的殺手，怎麼會在她達到任務後就忽然消失？」

「她沒有消失，只不過暫時脫離了那次行動而已。」長者說：「你有沒有聽說過有關她的事？」

「我聽說過。」少年回答：「聽說她一擊得手後，就忽然暈了過去。」

「是的。」

「一個久經訓練的殺手，已經應該有非常堅韌的意志，怎麼會忽然暈過去？」

「因爲她忽然看見了一張臉，」長者說：「她做夢也沒有想到過在她活著的時候會看到這張臉，再沒有想到這張臉會在那一瞬間忽然在她面前出現。」

——這張臉是一張什麼樣的臉？爲什麼令她如此震懾？

——這張臉是誰的臉？是極醜陋？極怪異？極邪惡？還是極美俊？

一張極美極俊的臉，是不是常常會令人暈倒？

一個人不管是因爲受到什麼樣的驚駭而暈過去，總有醒來的時候，爲什麼蘇蘇卻好像就在那一瞬間忽然消失了呢？

現在她究竟是死是活？還是已經被那個人帶走？

蘇蘇和袖袖的身分無疑都很神秘，在這次行動中，所扮演的角色無疑都很重要。

她們究竟是什麼身分？她們所扮演的，究竟是個什麼樣的角色？

「還有一件最奇怪的事。」

「什麼事？」

「如果說她們一直以白巾蒙面，是不願讓別人看出她們的真面目，這已經是不合理的。」

「爲什麼？」

「因爲她們根本沒有在江湖中出現過，根本沒有人認得她們。」

少年說：「更令人想不通的是，她們爲什麼一直都要穿那種直統統的白布衣服？把自己的身材掩飾？」

「這一點我懂。」

「哦？」

「她們這麼做，只爲了慕容。」長者說：「因爲她們的臉太美，身材更誘人，無論對任何一個男人來說，都是種無法抗拒的誘惑。」

「可是我知道大多數男人都喜歡受到這種誘惑。」少年說：「誘惑愈大，愈令人愉快。」

「是的，大多數男人都是這樣子的，我們甚至可以說，每個男人都是這樣子的。」長者說：「可是慕容卻是例外。」

「爲什麼？」

長者嘆息：「因爲他雖然驚才絕艷，是人中的龍鳳，只可惜……」

四

這時秋月已圓，慕容仍然安坐在長街上，就好像坐在自己的庭園中與家人賞月一樣。

鐵大爺看著他，忽然頻頻嘆息。

「不管怎麼樣，你實是個有勇氣的人，像你這種人，在江湖中已不多了。」

慕容沉默。

「何況你並不是慕容家的人，我與你之間，並沒有直接的仇恨。」鐵大老闆說：「我也並不是一個喜歡殺人的人。」

慕容忽然問：「你這是什麼意思？」

「我的意思只不過是說，我並不一定要殺你。」鐵大爺說：「我只要你給我一點面子。」

慕容也靜靜地盯著他看了很久，忽然輕輕地嘆了口氣：「你難道不知道江南慕容是從來不給人面子的？」

「你難道真的想死？」

慕容淡淡地說：「生又如何？死又何妨？」

鐵大爺怒然大笑，「只可惜死也並不是件容易的事，我若偏不讓你死，你又能怎麼樣？」

慕容又嘆息：「我不能怎麼樣，可是……」

他沒有說完這句話，長街上彷彿有一陣很輕柔的涼風吹過，輕柔如春雨。

可是風吹過時，長街兩旁的燈火忽然閃動起一陣奇異的火花。

一種長細而柔弱的火花，看來竟有些像是在春夜幽幽開放的蘭花。

燈火的顏色也變了，也彷彿變成了一種蘭花般清淡幽靜的白色。

忽然間，這條長街上竟彷彿有千百朵燦爛的蘭花同時開放。

鐵大爺的臉色當然也變了，隨著煙火的閃動，改變了好幾種顏色。

然後他的身子就忽然開始痙攣收縮，就好像被一隻看不見的手扼住了咽喉。

也就在這一瞬間，也不知道從那裡飛躍出一個著紅衫的小孩，手握小刀，凌空躍來，一手抓起他的髮髻，割下頭顱，提頭就跑，快如鬼物，倏忽不見。

鐵大爺的身子還沒有完全倒下去，他的頭顱就已不見了。

這時正是午夜。

慕容知道真正的攻擊已經發動了，而且是絕對致命的，絕不留情，也絕不留命。

他當然也知道發動這一次攻擊的是什麼人，只要他們一出手，雞犬不留，玉石俱焚，不管對方是什麼人都一樣。

就算是他們的父母妻子兄弟都一樣。

爲了達到目的，甚至連他們自己都可以犧牲。

慕容深深了解，現在他的生死之間已在刀鋒邊緣。如果還沒有人來救他，剎那之間，血濺七尺，他甚至可以親眼看到鮮血飛濺出去。

是他自己的血，不是別人的。雖然同樣鮮紅，在他自己眼中看來卻是一片死白。

——在這種情況下唯一能救他的那個，會不會及時趕來救他？

他沒有把握，無論誰都沒有把握。可是他確信，只要那個人還活著，就一定會出現的。

因爲他欠他們一條命。

二　殺頭紅小鬼

一

在崑崙大山那個最隱秘的山坳裡，隱藏在一片灰白色山岩間的那座古老的白石大屋，今天無疑發生一件奇怪的事。

因爲這座平時絕無人蹤往來的大屋，今夜子時前後居然有五個人走了進去。

第一個人的身材高瘦如竹竿，比平常人至少要高兩尺，一個人一生中恐怕都看不到一個像他這麼高的人。

他手裡也拄著一根青竹竿，比他的人又長了四尺，梢頭還帶著幾片青竹葉。

他的衣衫，他手裡的青竹和竹葉，都是碧綠色的，甚至連他的臉都是碧綠色的，就好像戴著一張碧綠色的人皮面具。

這麼樣一個人，行動應該是非常僵硬的，如果說他的行動如殭屍躍動，也沒有人會覺得奇怪。

奇怪的是，他的行動竟然十分靈敏，而且柔軟。

——柔軟？行動柔軟是什麼意思？

他的人本來還在二十丈外，可是他的腰輕輕地一擺動，就像是柳絲被風吹了一下，然後，一瞬間，他的人就已到了白石大屋前。

大屋沉寂，如一具自亙古以來就已坐化在這裡的洪荒神獸。

著竹衫的人以手裡的青竹點門前石階，「篤，篤篤篤篤，篤篤」發七聲響，響聲不大，卻似已透石入地，深入地下，再由地下傳出大屋中某一個神秘的通訊中樞。

然後那兩扇巨大的石門就開始緩緩的啓動，滑動了一條線。

一陣風吹過，竹衫人就忽然消失在門後，石門再閉，就好像從未開啓過。

然後第二個人就來了。

第二個人穿一件紅色的紅衫，身材嬌小，體態輕盈，梳兩根油光水滑的大辮子，手裡還拈著一根梅花，鮮艷蒼翠，就好像剛從枝頭摘下來的一樣。

——現在只不過是秋天，哪裡來的梅花？

這麼樣一個小姑娘，行動應該非常靈活嬌美的，可是她卻是跳著來，就好像一個殭屍一樣跳著來的，甚至比殭屍還笨拙僵硬。

到了白石大屋前，她身子剛剛躍起，用左手的拇指扣中指，在右手的梅枝上輕輕一彈，梅花上的五朵花瓣就旋轉著飛了出去，飛入大屋，飛入山霧，一轉眼就看不見了。這時她的人也已看不見了。

山間居然有霧，濃霧。

過了片刻，濃霧中又出現了一頂轎子，一頂灰白色的轎子，就像是用紙紮成準備焚化給死人的那種轎子，彷彿是被山風吹上來的。

可是轎子偏偏又有人抬著。只不過抬轎子的人也像是被風吹上來的。

人與轎都是灰白色的，都好像是紙紮的，都好像已化入霧中，與霧融爲了另一種霧。

到了白石大屋前，他們就忽然停頓。

——在半空間停頓。

然後轎子裡就發出了一種鬼哭般的聲音：「我已經找到你們了，你們再也逃不了的，快還我的命來，快還我的命來。」

在那間純白色的簡陋房間裡，那個穿著白棉布長袍看來就像是個異方苦行僧一樣的人，本來正在翻閱著一個卷宗。

這個卷宗無疑也是屬於飛蛾行動的一部份，而且是這次行動中最主要的一部份。

因爲卷宗上所標明的只有兩個字：

「**飛蛾**」

這兩個字代表的是一個人。

這個人就是這次「飛蛾行動」的飛蛾，就是一個釣者的餌。

二

林還恩，男，二十一歲

父，林登。歿

（註，林登，福建蒲田人，少林南宗外家弟子，豪富，有茶山萬頃，與波斯通商，家族均極富，曾遠赴扶桑七年，據傳聞已得「新陰」真傳，歿於一年前，年四十九。）

母，慕容思柳。

（註，慕容一青妹，慕容青城姑。歿。）

姐，林還玉。

（註，與林還恩為孿生姐弟，有絕症，寄養江南慕容府，因自古相傳孿生子女必須隔地隔宅而養。歿。）

以下是林登對他兒子的看法，是從一種非常親密的關係中得到的資料，而且絕對是林登本人親口說出來的。

「還恩聰明，聰明絕頂，三歲時就會寫字，七歲時就能寫一部金剛經，我不敢教他學武，太聰明的人總會早死，可是我的江湖朋友有許多高手，他們只要在我的宅院裡住幾天，還恩就會把他們的武功精髓學去，只可惜他在我臨死之前忽然……」

以下是慕容思柳對她兒子的看法：

「還恩是個可憐的孩子，因爲他從小就是註定要被犧牲的，因爲我們家欠慕容家的情，已經決定要用這個孩子報慕容家的恩，不管慕容家有什麼困難，這個孩子都一定會挺身而出。」

慕容家果然有困難了，還恩本來是可以爲他們解決的，只可惜……

以下是他的姐姐林還玉對他的看法：

「還恩雖然是我嫡親的兄弟，可是我們這一生中見面的機會並不多，而且很快就要永別了，我相信我們都是善良的人，一生中從未有過惡心和惡行，就算我們前生做錯了事，老天一定要懲罰我們，施諸我身上的酷行也已足夠了，爲什麼還要對他如此殘酷？讓他永遠不能再享受生命的自由？」

以下是和他們家族關係非常密切的江南名醫葉良士對他的診斷：

全身血絡經脈混亂，機能失去控制，既不能激烈行動，也不能受到刺激，否則必死無救。

穿灰色長袍的苦行僧用一隻手慢慢地掩起了卷宗，他的手也像是他身體的其他部份一樣，也掩藏在他那件寬大的灰袍裡。

這些資料他也不知道看過多少遍了，這一次他還是看得非常仔細。

他一向是個非常仔細地人，絕不允許他們做的事發生一點錯誤疏忽。

他對他自己和他屬下的要求卻非常嚴格，可是這時候卻還是忍不住輕輕地嘆了口氣，彷彿已經對自己覺得很滿意了。

這時那青竹竿一樣的綠袍人已經像柳條一樣輕拂著走了進來，輕輕地坐入一張寬大的石椅裡，坐下去的姿勢竟讓人聯想到一隻貓。

那個拈紅梅的紅色小鬼也跳了起來，一下子跳入了另一張椅子，卻還是直挺挺地站在椅子上，沒有坐下。

這時看去，「她」卻已完全不像個小女孩，先前惹人憐愛的大辮子也不見了，回到了紅衫白褲的小男孩模樣。

他全身上下的關節竟好像全都是僵硬的，完全不能轉折彎曲。

苦行僧沒有抬頭，也沒有看他們一眼，只不過冷冷地說：「你不該來，為什麼要來？」

「為什麼我不能來？」

如果還有別人在這屋子裡，聽到這句話一定會吃一驚。

這句話七個字本身沒有一點讓人吃驚的地方，說這句話的這個人，聲音也完全沒有一點讓人吃驚的地方。

——恐懼、威脅、要挾、尖刺，這些可能會讓人吃驚的聲調，這個聲音裡完全都沒有。

事實上，這個人說話的聲音比這個世界上大多數人都好聽得多。不但清脆嬌美，而且還帶著種說不出的甜蜜柔情。

這才是讓人吃驚的。

現在在這個屋子裡的三個人，應該沒有一個人說話的聲音會是這樣子的，但卻偏偏有。

那個臉色綠如青苔，身材僵若古屍，看來連一點生氣都沒有的綠袍人，竟用這種甜蜜溫柔如蜜的聲音問苦行僧。

「你說我不該來，是不是因爲我把不該來的人帶來了？」

「是的。」

「我也知道。」綠袍人的聲音柔如初戀的處女，「如果不是我，紙紮店的那些人，永遠都找不到這裡。」

「是的。」

「也就因爲一點，所以我才一定要來。」

「爲什麼？」

「我不來，他們怎麼會找到這裡來？他們不來，怎麼會死在這裡？」綠袍人說：「有你在這裡，他們來了，怎麼能活著回去？」

「他們是不是能活著回去，跟我在不在這裡沒有關係。」

「那麼跟誰有關係？」綠袍人問。

「你。」

苦行僧的聲音永遠是沒有感情的，不會因任何情緒而改變，不會因任何事件而激動，非但沒有感情，甚至好像連思想都沒有。

他只是冷冷淡淡地告訴綠袍人：「他們是不是能活著回去，只跟你有關係，因爲他們是你帶來的。」

這時已是午夜，遠方的夜色就像是一個仙人把一盂水墨，潑在一張末代王孫精心製作的宣紙上，那頂看來彷彿是紙紮的轎子和那兩個抬轎人，仍然懸掛在遠方的夜色中。

懸空掛在夜色中，看來就像是一幅吳道子的鬼趣圖，那麼真實，那麼詭異，又那麼的優美。

「是的。」綠袍人的聲音仍然異常尋常：「他們是我帶來的，當然應該由我打發。」

他站起來了。

他站起來的姿態，就像是一枝花朵忽然從某一個仙境的泥土中長出來了。

——那麼真實，那麼優美，又那麼神秘。

可是他不動時的模樣，還是那麼樣一個人，冷、綠、僵硬。

這個人動和不動的時候，就好像是完全不同的兩個人。

可是這個人最驚人的地方，遠比這一點還要驚人得多。

人與轎仍在空中。

就算人真是紙紮的，也不可能憑空懸掛在空中的。

就算一片像落葉那麼輕的落葉，也不可能忽然停頓，懸掛在空中。

可是這一頂轎和兩個人卻的確是這樣子的。

——這個世界上有很多事都是這樣子的，有很多不可能發生的事都發生了。

這一頂轎和兩個人居然在一瞬間化爲了一團火。

火是從青竹竿上開始燃燒的。

綠衣人的腰一扭，人已到了屋外，將手裡的青竹竿伸向黑暗的夜空。就像是一個綠色的巫魔在向上蒼發出某種邪惡的詛咒。

然後這根本已無生命的竹竿就好像忽然從某種魔力的泉源得到了生命，忽然開始不停地扭曲顫抖，彷彿變成了一條正在地獄中受著煎熬的毒蛇。

然後它就把地獄中的火燄帶來了。

黑暗中忽然有碧綠色的火燄一閃，在青竹竿頭凝成了一道光束。

毒蛇再一扭，光束就如蛇信般吐出，閃電般射向那懸立在夜空中的人與轎。

——於是這一頂轎和兩個人就在這一瞬間化成了一團灰。

火勢燃燒極快，在一瞬間就把半邊天都燒紅了。

——這兩人一轎原來真是紙紮的。可是紙紮的人轎又怎麼會從千百里外跟蹤一個人飛入這陰森而詭秘的石屋？

——轎子裡如果沒有人，怎麼會發出那種淒厲的嘶喊聲？

燃燒著的火燄忽然由一團變成了一片，分別向五個方向伸展，伸展成五條火柱。

火燄再一變，這五條火柱忽然變成一隻手，一隻巨大的手，從半空中向那綠衣人抓了過去。

火燄夾帶著風聲，風聲呼嘯如裂帛，火光將綠袍人的臉映成了一種慘厲的墨綠色。

他的人彷彿也將燃燒起來了。

只要這隻巨大的火手再往下一掏，他的肉體與靈魂俱將被燒成灰，形神皆滅，萬劫不復。

在這種情況下，這個世界上好像已沒有什麼力量能阻止住這隻火手，也沒有什麼人能救得了他。

石屋中，苦行僧的眼中彷彿也有火燄在閃動。

他忽然發現這隻巨大的火手後，竟赫然依附著一條人影。

一條惡鬼般的黑色人影。

這個人的手腳四肢胴體，每一個關節好像都可以隨意向任何一個方向扭曲舞動。

他一直不停地在動，動作之奇秘怪異，已超越了人類能力的極限。

——沒有「人」能超越人類的極限，這個人為什麼能？難道他不是人？

苦行僧冷笑。

他完全明白這個人的武功和來歷，這個世界上沒有人能瞞得住他，這個人也不能。

他知道的事也遠比大多數人都多得多。

他知道波斯王宮裡曾經有一批烏金的絲流入了中土。

這種絲不但有彈力，有韌性，而且刀斧難斷。

武林中有個極聰明的人，得到了這些金絲，就用它創造出一門極怪異的武功。

他自己先把自己用這些金絲吊起來，金絲的另一端有釘鉤，鉤掛住四面的屋脊牆簷樹木高塔椿柱和任何一個可以依附的地方，他的人就被這無數根金絲吊著。就像是個被人用線操縱的傀儡。

唯一不同的是，操縱他的力量，就是他自己發出來的。

他的人一動，就帶動了金絲，金絲的彈性和韌力，又帶動了他的動作，無數根金絲的力量互相牽制，以舊力激發新力，再以新力帶動舊力，互相循環，生生不息。

——這種力量的奧妙，簡直就像是一種精密而複雜的機器。

這種力量的巨大，也是令人無法想像的，只有這種力量，才能使一個人發出那種超越的動作。

明白了這一點，你自然也就會明白那頂轎子爲什麼能懸空而立了。

——那頂紙紮的轎子和兩個紙人，本來就是懸附在這個人身上的。這個人本來就「坐」在轎子裡。

怪異的動作，激發出可怕的力量，使得他的動作看來更怪異可怕。

那隻巨大的火掌，就是被他所催動操縱，帶著烈火與嘯風，直撲綠衣人。

風火後還有那惡鬼般的人影。

就算綠衣人能避開這團烈火，也避不開這黑色人影的致命一擊。

風聲淒厲，火燄閃動，惡鬼出擊，在這一瞬間，連天地都彷彿變了顏色。

那個穿紅衫的紅色小鬼眼睛裡直發光，全身都已因興奮而緊張起來。

他喜歡看殺人，能夠看到一個人被活活燒死，豈非更好玩。

只可惜這次他沒看見，但卻看見了一件比火燒活人更好玩的事。

火掌拍下，綠衣人的身子忽然蛇一樣輕輕一個旋轉，身上的綠袍忽然在旋轉中褪落。

——也許並不是袍子從他身上褪落，而是他的身子從袍中滑了出來。

他的身子柔滑如絲。

他的手一揚，長袍已飛起，就像是一片綠色的水雲，阻住了烈火。

水雲反捲，接著又向那惡鬼般的黑色人影飛捲了過去，把烈火也往那人身上捲了過去。

紅色的小鬼站在椅子上看著，看得眼珠子都好像要掉了下來。

他眼睛正在看著，並不是半空中那火雲飛捲，倏忽千變，奇麗壯觀無比的景象，也不是那驚心動魄，扭轉生死的一招。

他當然更不會去看遠方的那一輪正在逐漸昇起的圓月。

他的眼睛在看著的是一個人，一個剛從一件綠色的長袍中蛻變出來的人。

一個女人。

一個一定要集中人類所有的綺思和幻想，才能幻想出的女人。

她很高，非常高，高得使大多數男人都一定要仰起頭才能看到她的臉。

對男人來說，這種高度雖然是種壓力，但卻又可以滿足男人心裡某種最秘密的慾望和虛榮心。

——一種已接近被虐待的虛榮的慾望。

她的腿很長，非常長，有很多人的高度也許只能達到她的腰。

她的腰纖細柔軟，但卻充滿彈力。

她的臂是渾圓的，腿也是渾圓的，一種最能激發男人情慾的渾圓。渾圓、修長、結實、飽滿，給人一種隨時要脹破的充足感。

——她是完全赤裸的。

她全身上下每一寸都充滿了彈力，每一根肌肉都在隨著她身體的動作而躍動。

一種令人血脈賁張的躍動，甚至可以讓男人們的血管爆裂。

紅小鬼還沒有看到她的胸和她的臉，連她那一頭黑髮都沒有看見。

他一直在看著她的腿。

自從他第一眼看見過這雙腿，就再也捨不得把眼睛移開半寸。

直到他聽見苦行僧冷冷地問他：「你這次來，是來幹什麼的？」

這時那惡魔的黑色人影正飛騰在空中，下面是一片火海。

一片密如蛛網的火燄匯合成的火海。

綠雲反捲，火掌也反捲，他的身子突然收縮，再放鬆，在那間不容髮的一刹那間從對手致命反擊中飛彈而起。

——利用烏金絲的特性所造成反彈力，在身子的收縮與放鬆間，彈起了四丈。

這是他的平生絕技。

烈火轉瞬間就會消失，他在這次飛騰中已獲得了新的動力，火燄一滅，他立刻就可以開始搏擊，從一個外人絕對料想不到的部位，用一種別人絕對無法做到的動作，將對方搏殺於一瞬間。

——蛛網般的烏金絲此刻已經糾結成一種非常複雜的情況，似乎產生的力量也是複雜的，由這種力量催動的動作當然更怪異複雜。

所以他雖然一擊不成，先機並未盡失。

他對自己還是充滿信心，因爲他想不到石屋裡還有一個對他的一切都瞭如指掌的人。

烏金絲在黑暗中是看不見的，在閃動的火燄中也看不見。

只有這個人知道它的確存在，而且知道它在什麼地方。

——苦行僧已經慢慢地從他身後的大櫥裡拿出了一個純鋼的喞筒。

這是他一排十三支唧筒的一個，從筒裡打出去的，是片黃金色的水霧。

水霧穿窗而出，噴在那些雖然看不見卻確實存在的烏金絲上，而且黏了上去。

火雲捲過，雖然燒不著烏金絲，黏附在烏金絲上這千萬顆也不知是油是水的霧珠卻燃燒了起來，化成了一片火海。

占盡機先的黑衣人忽然發現自己已置身在一片火海中。

可是他沒有慌，更不亂。

他不怕火，他身上穿的這一身黑色的緊身衣和黑色面具都可以防火。

他的輕功絕對是第一流，名動天下的楚香帥現在如果還活著，也未必能勝過他。

到了必要時，他還可以解開纏身的絲網，化鶴飛去。

他要走，有誰能追得上？

但是在苦行僧眼中，這個人卻似已經是個死人。連看都不再看他一眼，卻冷冷地去問紅小鬼。

「你這次來幹什麼？」

紅小鬼忽然笑了，不但笑，而且跳，而且招手。

這個行動和神情都詭異之極的著紅衫小鬼，居然笑著跳著招著手開始唱起了兒歌。

「砰、砰、砰，請開門。」

「你是誰？」

「我是丁小弟。」

「你來幹什麼？」

「我來借小刀。」

「借小刀幹什麼？」

「劈竹子。」

「劈竹子幹什麼？」

「做蒸籠。」

「做蒸籠幹什麼？」

「蒸人頭。」

「蒸人頭幹什麼？」

「送給老媽當點心。」

他自己問，自己答，唱出了這首兒歌，他唱得高興極了。

苦行僧居然就聽著他唱，等到他唱完再問：「你這次來，不是爲了急著要知道這次行動的結果？」

「當然不是。」

「你也不想知道楚留香的生死？」
「我當然想知道，只不過我早就知道了。」
「你知道了什麼？」
紅小鬼又笑，又跳，又拍手唱起兒歌！
「飛蛾行動」開始，楚留香就已死了。
他不來，早已死。
他來，還是死。
苦行僧的人、面，和那雙眼睛，又都已隱沒在燈光照不到的陰影裡。
「那麼你這次來，還是等著來割頭的？」
「是。」
「現在已經有頭可割，你還不快去？」
「誰的頭？」
「你早已想割的那個頭。」
「那王八蛋的頭現在已經可以去割了？」
「好的。」

紅小鬼嘻嘻一笑，雙臂一振，好像舉起雙手要投降的樣子。

可是他那笑嘻嘻的眼睛裡卻忽然充滿殺機，連一點要投降的樣子都沒有。

就在這一瞬間，他的紅衫紅褲裡忽然發出了一種很奇怪的聲音，就好像大塊冰條忽然崩裂的那種聲音。

然後又是「嘩啦啦」一陣響，一大票碎冰碎鐵一樣的東西從他的衣袖褲管裡掉了下來。

苦行僧的面孔和眼神，雖然都已隱沒在燈光無法照到的地方，但是他臉上驚愕的表情，還是可以想像得出來的。

綠衣女子與黑衣人之戰眼看著隨時都會結束，但是兩人都展盡平生絕技，以令人意想不到的招式出擊，扭轉乾坤，而且反置對手於死地。

火中縱躍，空中過招，這都不是什麼大不了的學問，重要的是這個局面紊亂的搏戰之中，勝負雙方，隨時都可能易位，在這種險惡的狀況之下，唯有冷靜才能生存。

苦行僧當然知道這一點的重要，剛才他是旁觀者，現在，他好像也被推進了個漩渦，在面對生死的這一刻，不變也許就是應付萬變之道。

紅小鬼的兒歌，現在重又回想起來，不禁令人有些發毛，「作蒸籠，蒸人頭，送老媽，當點心……」

綠衣女子、黑衣人、苦行僧，到底哪一個才是他此行真正要下手的對象？

紅衣小鬼的雙手高舉，仍作投降狀，碎冰碎鐵一樣的東西，還在不斷地從衣袖褲腿溜下來。……

然後這個本來好像全身都已僵硬了的人，就在這一瞬間忽然「活」了。

——原來他的四肢關節，平常一直都是用鐵板夾住的。

所以平時他的行動永遠僵硬如殭屍，連坐都坐不下去。

江湖中的人，根本沒有聽見過江湖中有他這麼樣一個人，能看到他的人，就算還沒有死，也都快死了，就在他看見他的那一瞬間，頭顱已被他割下，提在手裡。

所以知道他這個秘密的人，最多也不會超過十個。

可是每個人大概都想像得到，像這麼樣一個人，如果他自己把自己用來束縛自己的鐵板掙斷時，他的行動會變得多麼輕巧迅速詭變靈敏？

鐵板碎落，人飛去，在一瞬間就已變成了一個飛躍變幻無方的鬼魅精靈。

飛騰在火海上的黑色人影身體忽然遲鈍。

他不怕火，可是他怕煙。

燃燒在烏金絲上的火煙，帶著一種很奇怪的氣。

他忽然覺得暈眩。

然後他就看到一條腿從煙火中向他踹了過來，一條修長筆直渾圓結實的腿，赤腳，足踝纖巧，曲線柔美。

腳趾很長，很漂亮。

在某一種情況下，這麼樣一雙女人的腳通常都最能激發男人的情慾。有時候甚至比其他一兩處更主要的部位更要命。

有經驗的男人都明白這一點。

他是個有經驗的男人，殺人有經驗，殺女人這方面也很有經驗。

可是在這一瞬間，他已經發覺這隻漂亮的腳是真的會要他的命了。

就在這一刹那間，一條鬼魅般的人影，已經橫飛而來，就像是個紅色的小鬼。

「割頭的小鬼來了。」

大家趕快跑。

如果跑不掉，

頭顱就難保。

割頭小鬼，專割人頭。

在一個人將死的那一瞬間，忽然有一個穿紅衣著紅褲的小孩出現了，拿一把小刀，一把抓住那個人的髮髻，一刀割下，提頭就跑，倏忽來去，捷如鬼魅。

這個小孩是誰？

沒人知道。

這個小孩爲什麼要割人的頭顱，提著頭顱到哪裡去了？

也沒人知道。

可是，每個人大概都能想像得到，這是件多麼神秘詭譎的事，甚至還帶著一種血腥的浪漫。

最浪漫而傳奇的一點是，如果不是名人的頭，他是絕不會去割的。

如果你不是名人，如果你明知你要死了，如果你知道這個世界上有這麼樣一個專割人頭的小鬼，就算你帶著八百萬兩黃金，跑去找他，跪在地上求他在你要死的那一天那一時那一刻去割你的頭，他也不會睬你，甚至連你的頭髮都不會去碰一碰。

如果你不是名人，你要他來割你的頭，遠比你求他不要來割你的頭還要困難得多。

可是他如果一定要割下你的頭來，他就會時時刻刻在等著。

等著你死。

他跟你絕對沒有仇，既不想殺你，也不想要你死，可是他會等著你死。

如果你萬一不幸死掉了，不管你是怎麼死的，不管你死在哪裡，也不管你是在什麼時候死的，你只要一死，他就出現了。

只要他一出現，他那把割頭的小刀就會在你的咽喉間，一刀割下去，絕對會割到你後頸的骨縫裡。一刀就割斷你的頭顱，連刑部大堂裡最有經驗的劊子手都不會算得比他準，然後他提頭就跑，一閃無蹤。

這種情況已經發生過很多次了，誰也猜不透他辛辛苦苦地等著割一個死人的頭顱是爲了什麼？

只不過有一件事是每一個只要有一點幻想力的人都可以想像得到的——

在這個世界上，一定有一個非常秘密的地方，藏著許多人頭，每一個都是名人的頭。

有些人收集名器名畫名瓷名劍，有些人喜歡名人名花名廚名酒。

前者重價值，後者重情趣。

可是這個世界上還有另外一種人，喜歡收集的卻是名人的頭。

幸好這種人只有一個。

絕代的名花死了，只不過是個死人而已，曠世的名俠也死了，也一樣是個死人。

死人都是一樣的。

死人的頭也一樣！既無價值，也無情趣。可是對這個人來說，卻是他這一生中最大的樂趣，也是他一生中最大目標。

沒有人知道他已經割下多少人的頭，但是每個人都知道，他要去割一個人的頭時，從來都沒有任何人任何事能阻止他。

他出手時，就在一瞬間，人頭已被割下。

只有這一次例外。

這一次他在割頭之前，居然先做了另外一件事，一件任何人都想不到他會去做的事。

任何人都想不到這個割頭小鬼會認爲這件事比割頭更重要。

長腿踢出，腿上的每一根肌肉都在躍動，別人看得見，她自己也看得見。

她常常把這一類的事當做一種享受。

面對著一面特地從波斯王宮裡專船運來的穿衣鏡，看著自己身上肌肉的躍動，這已經是她唯一的享受。

——怎麼又是波斯王宮？爲什麼每個人每件事都好像和波斯王宮有點關係？

一個這麼高的女人，這麼美，這麼有魅力，大多數男人只要一看見她就已崩潰，連碰都不敢碰她，她除了自己給自己一點享受之外，還能要求什麼？

想不到這一次居然有例外的情況發生了。

她從未想到會有一個比矮她一半的男人，居然會像愛死了她一樣抱住她。

更想不到的是，這個男人居然會是割頭小鬼。

割頭小鬼居然沒有先去割頭。

長腿踢出，小鬼飛起，凌空轉折翻身扭曲，忽然張開雙臂，一下子抱住了她的腰。

這個小鬼的動作簡直就好像一個幾天沒奶吃的小鬼頭忽然看到了他的娘一樣。

——並不一定是娘，只要有奶就是。

這個小鬼的動作簡直就像三百年沒見過女人，甚至連一隻母羊都沒見過。

這個小鬼的動作簡直就像是個花癡。

長腿踢出，他忽然一下子就抱住了她的腰，在她的大腿上用力咬了一口。

——這個小鬼咬得真重。

奇怪的是，她的臉上連一點痛苦的表情都沒有，連叫都沒有叫。

她只覺得一陣暈眩，恍恍惚惚的暈眩，就好像在面對著那面鏡子一樣。

等到這一陣暈眩過後，穿紅衣的割頭小鬼已經連影子都看不見了。只看見夜空中彷彿有一串血花在火光上一閃而沒。

一個穿黑衣的人重重跌在地上，這個人當然已經沒有頭。

這個割頭小鬼提著他的頭藏到哪裡去了？

這個問題仍然無人能夠解答。

毫無疑問的是，在他的收藏中無疑又多了一個武林名人的頭。

三

一個檀香木匣，一點石灰，十七種藥物，一顆人頭被放進去。

木匣上刻著這個人的名字。

在這個地方，像這樣的檀香木匣，到今天爲止，已經有一百三十三個。

這個地方在哪裡?當然也沒有人知道。

三 狼來格格

一

暈眩已過去，痛苦才來。

有一頭長髮的這個女人，從她的綠袍中蛻出後，全身膚色如玉。

白玉。只有一點沒有變。她的眼睛依舊是碧綠色的。

如貓眼、如翡翠。

她在揉她的腿。對這個詭秘難測的割頭小鬼，現在她總算有一點了解了。

——這個小鬼的牙齒很好，又整齊，又細密，連一顆蛀牙都沒有。

他咬在她腿上的牙印子，就像是一圈排得密密的金剛鑽。

她在摸它。

她的中指極長，極柔，極軟，極美。

她用她中指的指尖輕輕撫摸這圈齒痕時，就宛如一個少女在午夜獨睡未眠時，輕輕撫摸著她秘密情人送給她的一個寶鑽手鐲一樣。

苦行僧一直在看著她，帶著一種非常欣賞的表情看著她。

——這種女孩，這種表情，這麼長的腿，如果有男人能夠看見，誰不欣賞？

只不過這個男人欣賞的眼色卻是不一樣的，和任何一個其他的男人都不一樣。

他看著她的時候，就好像一匹狼在看著牠的羊，一條狐在看著牠的兔，一隻貓在看著牠的鼠，雖然極欣賞，卻又極殘酷。

遠山外的明月昇得更高了。月明，月圓，她向他走了過來。

戴著一個詭秘而可怖的綠色面具，穿著一身毫無曲線的綠色長袍時，她的每一個動作已經優美如花朵的開放。

現在她卻是完全赤裸的。

她在走動時，她那雙修長結實渾圓的腿在她柔細的腰肢擺動下所產生的那種「動」，如果你沒有親眼看見，那麼你也許在最荒唐綺麗的夢中都夢不到。

就是你想求這麼樣一個夢，而且已經在你最信奉的神祇廟中求了無數次，你也夢不到。

因爲就連你的神祇也很可能沒有見過這麼樣的一雙腿。

好長的一雙腿，這麼長，這麼長。這麼渾圓結實，線條這麼柔美，這麼有光澤，這麼長。

——如果你沒有親眼看見過，你永遠不能想像一雙腿的長度爲什麼能在別人心目中造成這麼大的誘惑衝擊和震撼。

尤其這雙腿是在一束細腰下。

她的頭髮也很長。

現在沒有風，可是她的長髮卻好像飛揚在風中一樣。

因爲她胴體的擺動，就是一種風的韻律。

風的韻律是自然的。

她的擺動也完全沒有絲毫做作。

——如果不是這麼高的一個女孩，如果她沒有這麼細的腰，這麼長的腿，你就算殺了她，她也不會有這種自然擺動的韻律。

這個世界上有很多事都是這樣子的，上天對人，並不完全絕對公平的。

她的眼如翡翠貓石，雖然是碧綠色的，卻時常都會因爲某種光線的變幻而變爲一種無法形容的神秘之色。

她的臉如白玉，臉上的輪廓深刻而明顯，就好像某一位大師刀下的雕像。

最重要的一點還是她的氣質。一種冷得要命的氣質。

在剛才那一陣暈眩過後，她立刻恢復了這種氣質，不但冷漠，而且冷酷，不但冷酷而且冷淡。

——最要命的就是這種冷淡。一種對什麼人什麼事都不關心不在乎的冷淡。

她戴著面具，穿著長袍，你看她，隨便怎麼樣，她都不在乎。

她完全赤裸了，你看她，她還是不在乎，隨便你怎麼樣看，從頭看到腳，從腳看到頭，把她全身上下都看個沒完沒了，她都一樣不在乎。

因爲她根本就沒有把你當作人。除了她自己之外，誰看她都沒有關係，你要看，你就看，我沒感覺，也不在乎。

你有感覺，你在乎，你就死了。

這位苦行僧暫時當然還不會死的。

這個世界上能夠讓他有感覺的人已經不太多了，能夠讓他在乎的人當然更少，就算還有一兩個，也絕不是這個長腿細腰碧眼的女人。

他帶著一種非常欣賞的表情，用一種非常冷酷的眼神看著她走進這間石屋。

她又坐下。

她又用和剛才同樣優柔的姿態坐入剛才那張寬大的石椅裡。

唯一不同的是，剛才坐下的，是一個綠色的鬼魂，這次坐下的，卻是一個沒有任何男人能抗拒的女人。

——她並沒有忘記她的腿有多麼長，也不願讓別人忘記。

她坐下去時，她的腿已經盤曲成一種非常奇妙的弧度，剛好能讓別人看到她的腿有多麼長，也剛好能讓人看出她這雙腿從足踝到小腿和大腿間的曲線是多麼實在，多麼優美。

刀有弧度，腿也有，名刀、美腿、弦月，皆如是。

苦行僧沒看見。

有時他心中有刀，眼中卻無，有時他眼中有色，心中卻無。

所以他這個人在大多數時候都是看不見的，什麼人什麼事都看不見。就算真看見，也沒看見。

——應該看見的事，他看見了，卻沒看見，這種人是智者。

——連不應該看見的事他看見了也看不見，這種人就是梟雄了。

因為後者更難。

他忽然開始拍手。

甚至在他拍手的時候，也沒有人能看見他的手，就算站在他對面的人，最多也只能看見他的手在動，聽見他拍手的聲音。

他常常都會讓你站在他對面看著他，他沒有蒙面，也沒有戴手套，可是在一種很奇怪的光線和陰影的變動間，你甚至連他身上的一寸皮膚都看不見。

「你真行，」苦行僧鼓掌：「你真是一個值得我恭維的女人。」

「謝謝。」

「在我還沒有見到過你的時候，我就已經聽說過貴國有一位狼來格格。」

「哦？」

長腿的姑娘嫣然而笑：「難道你也知道狼來格格的意思？」

「我大概知道一點，」苦行僧說：「狼來了，是一個流傳在貴國附近諸國的寓言，是一個告訴人不要說謊的寓言。」

他說：「可是這個寓言，在多年前就已流入了中土。」

「我知道。」

「格格，在我們邊疆一帶，是一種尊稱，它的意思，就是公主。」

苦行僧說：「只不過狼來格格，還有另外一種完全不同的意思。」

「你說它是什麼意思？」

「在西方某一國的言語中，狼來格絲，就是長腿的意思。」苦行僧說：「狼來格格，就是說一位很會說謊的漂亮長腿公主。」

長腿的公主又笑了：「你知道的事好像真的不少。」

「貴國的王宮裡，有一箱貴重無比的烏金絲失蹤了，多年無消息。」苦行僧說：「波斯的孔雀王朝幾乎也因此而顛覆。」

「這已是許久以前的事。」

「可是最近舊案又重提，所以新接任的王朝大君就派了一位最能幹最聰明，武功最高的貴族高手到中土來追回這批失物。」

「你說的這位高手，就是狼來格格？」

「是的。」

「你認爲狼來格格就是我？」

「是的。」

這位漂亮的長腿姑娘笑了。

她看起來的確很像是一位公主，一個女人赤裸著坐在一個男人的面前，還能夠保持如此優雅的風度，絕不是件容易事。

——只有兩種女人能做到這一點。

——一個真正的妓女和一位真正的公主。

她換了一個更優雅的姿勢，面對著這個好像真的無所不知的苦行僧。

她的身上雖然還是完全赤裸的，但卻好像已經穿上了一身看不見的公主冕服。就好像西方寓言中那個騙子爲皇帝織造的新衣一樣，只有真正的智者和梟雄才能看得見。

——一個人穿上一件新衣時，樣子總是會改變的，就算他並沒有穿上那件新衣，可是他的樣子已經改變了，那麼他的心情情緒和處理事情的態度，和真的穿上了一件新衣又有什麼分別？

甚至連她說話的聲調都改變了，變得冷淡而優雅，她問苦行僧：

「你還知道什麼？」

「你從波斯來，帶著鉅萬珠寶和你自己來。」苦行僧說：「你帶來的那一批珍珠翡翠寶玉珊瑚瑪瑙祖母綠貓兒眼金剛石雖然價值連城，可是最珍貴的當然還是你自己。」

「真的嗎？」

「我知道在極西的西方，有一位大帝，甚至不惜用一個國來換取你的身體。」苦行僧說：「你的大君卻毫不考慮就拒絕了。」

苦行僧說：「可是這一次，他卻命令你，不惜犧牲你的身體，也要達到目的。」

她靜靜地聽著，直到此刻才問：「什麼目的？」

「他要你做到三件事。」

「哪三件事？」

「取回烏金絲，殺割頭小鬼，打聽出楚留香生死下落的消息。」

這位又美麗又會說謊又有一雙長長地長腿姑娘又改變了一個姿勢，雖然同樣優雅高貴，但是已經可以看得出有一點不安了。

「楚留香？」她問苦行僧：「你說的是哪一個楚留香？」

「你說呢？」苦行僧反問：「普天之下，有幾個楚留香？」

沒有問題，這個問題根本就不需要回答。

——有些人永遠是獨一無二的，因千古以來，這樣的人數雖不多，楚留香卻無疑是其中之一。

她又問苦行僧：

「你怎麼會認爲我這次來和楚留香有關係？」

「因爲我知道波斯有一位大君，平生只有兩樣嗜好，一樣是酒，一樣是輕功，」苦行僧說：「尤其是對輕功，他簡直迷得要死。」

「輕功實在是件讓人著迷的事。」她說：「我知道有很多人在很小的時候就被這件事迷住了，甚至在做夢的時候都會夢到自己會輕功，可以像燕子和蝴蝶一樣飛越過很多山嶽河川和屋脊。」

「燕子和蝴蝶都飛不過山嶽的。」

「可是在夢裡牠們就可以飛越過去了。」她幽幽地說：「夢裡的世界，永遠是另外一個世界，這一點恐怕是你永遠不會明白的。」

這一點是毫無疑問的。

——一個人如果已經把自己完全投入於權力和仇恨中，你怎麼能期望他有夢？

夢想絕不是夢。兩者之間的差別通常都有一段非常值得人們深思的距離。

「一個對輕功這麼著迷的人，最佩服的一個應該是誰？」

這個問題的答案只有一個：「對輕功著迷的人，最佩服的人當然只有天下第一的輕功。」

練掌的人，並不一定會佩服天下第一名掌，練力的人，最佩服的絕不是天下第一力士。

可是輕功卻是不一樣的。

輕功是一種非常優雅、非常有文化的，而且非常浪漫。

甚至比「劍」更浪漫。

——「劍」比較古典，比較貴族，可是「輕功」一定比較浪漫。

「當今天下，誰的輕功最高？」

這個問題的答案也只有一個，在這個時代，被天下武林中人公認爲「輕功天下第一」的人大概只有一個。

這個人的輕功，幾乎已經被渲染成一種神話，甚至有人說他曾經乘風飛越沙漠。

這個人的名字，當然就是：「楚留香。」

「在酒這方面，香帥當然也是專家。」

「當然是的。」

「他不但善於品酒，酒量之豪，海內外大概也沒有什麼人能比得上。」

「那倒不見得。」長腿格格淡淡地說：「一個人的酒量有多大，用嘴說沒有用的，一定要喝個明白才能見分曉。」

「這是一定的！」苦行僧的聲音裡彷彿有了笑意：「我也早就聽說過，狼來格格的酒量隨時可以灌倒波斯的十來名武士。」

「一個對十來個是假的。」她說：「一個對六個倒還沒有敗過。」

「那麼楚留香呢？」

「沒有喝過，怎麼知道？」長腿格格說：「只不過如果有人說香帥能灌倒我，我也不信。」

她忽然又改口：「可是我也相信他的酒量一定是很不錯的。」

「我也相信。」苦行僧說：「酒、輕功、女人，這三件事，如果楚留香自認第二，再也沒有人敢認第一。」

長腿格格雖然不承認，也不能否認，因爲這是江湖中人人公認的。

「所以你們現在的這位大君，這一生中最想結交的一個人，就是楚留香。」苦行僧說：「他不惜用盡一切方法，只爲了要請香帥到波斯去作客幾天。」

「後來香帥確實去了，而且和大君結交成非常好的朋友。」

「就因爲他們是很好的朋友，所以才會互相關心。」苦行僧說：「所以江湖中傳出楚留香的死訊後，大君才會派你來，探訪香帥的生死之謎。」

「確實是這樣子的。」長腿格格說：「大君一直不相信香帥會死。」

「非但你們的大君不信，我也不信。」

「我知道。」長腿格格說，「就算在我們的國土裡，都有很多人認爲楚留香是永遠都不會死的，就算他真的已經死掉了躺在棺材裡，大家也認爲棺材裡死的這個絕不是楚留香。」

她還說：大家甚至還強迫自己相信：

——**楚留香就算死了，也會復活的。隨時都可能復活。**

苦行僧承認這一點。

「只不過這個世界上還是沒有一個人能證明楚留香是不是真的已經死了。更沒有人能證明他死後是不是真的能復活。」他說：「所以你們的大君才會要你來證實這件事。」

長腿格格也承認這一點：「大君的確一直對他很關心。」

「所以你才會來找我。」

「爲什麼？」

「因爲你知道我也對楚留香的生死很關心，和割頭小鬼之間也有種很好玩的默契。」苦行僧說：「最重要的一點是，你知道只要你是我的朋友，只要到了我的地區，我就絕不會容許任何人傷害到你。」

「我承認你說得對。」長腿格格說：「可是我剛從波斯來，怎麼會知道這麼多事？」

「因你有一個關係人。」

「關係人？」長腿格格好像完全不懂這三個字的意思：「關係人是什麼人？」

「關係人的意思，就是說他已經在中土有一種非常重要的人際關係，在江湖中的地位也已經非常重要，可是在暗中，他卻和另一個國家另一個社會，有另外一種神秘而曖昧的關係。」

長腿格格眨眨眼，好像是沒有聽懂的樣子。

——她的眼睛極清澈、極明媚，而且有一種接近翡翠般的顏色，顯得特別珍奇而高貴。

——可是一個女人如果有了她那樣的身材和她那樣的一雙長腿，還有誰會注意到她的眼睛？

苦行僧又解釋。

——他好像真的相信她不懂，所以又解釋，一直等到她完全明白爲止，又好像因爲他根本不怕等，因爲時間已經是他的。

只有勝者才能擁有時間，對敗者來說，時間永遠是最致命的毒素。

「你透過一個非常重要的關係人，知道了我這個人和你要做這三件事有多麼重要的關係，」苦行僧說：「最重要的一點當然還不是我，而是我這個組織。」

「組織？」

「是的，組織。」

「什麼組織？」長腿格格問：「組織這兩個字究竟是什麼意思……」

苦行僧盯著她看了很久，忽然從桌下某一處秘密的地方拿出了一個卷宗。

一個粉紅色的卷宗。

這個卷宗裡有三個人的資料，三個女人，同樣神秘、同樣美，同樣和這次行動有非常密切的關係。

第一個人就是——

姓名：郎格絲

代號：狼來格格

女，二十五歲，波斯混血，未婚。

父：郎波，來往絲路經商之波斯胡賈，入關三年後即獲暴利，成鉅富，據說曾在一年中搜購黃金達兩千七百斤之多。

（註：此批黃金，至今下落不明，亦未見其流出中土。）

母：花鳳來，蘇州人，江南名妓，身材極高，長大白皙，精於內功，有「白布腰帶」之稱，一夕纏頭，非千金不辦。

（註：白布腰帶者，是說她全身柔若無骨，可以像腰帶一樣纏在你身上也。）

——寫這份資料的人，對文學的運用巧配並不十分高明，卻有一種很特別的趣味，可以讓男人看了作會心的微笑。

可是看在這位長腿姑娘的眼裡，就完全是另外一回事了。

她的臉色已發青，但是她還要看下去。

郎格絲三歲時即被其父攜回波斯。

郎波回國後，獻中土珍寶玩物七十二件，為大君喜，得以出入宮廷，郎格絲十一歲時，拜在波斯大君愛妃膝下為義女。

同年，中土華山劍派因門戶之爭而有血戰，三大高手中的「青姑」憤而叛門，攜女徒四人遠赴波斯，亦為大君愛妃所禮聘，入宮為女官。

同年，郎格絲拜青姑為師，習華山劍法，因其四肢長大，反應靈敏，故學劍極快。

（註：郎格絲發育之早，亦非中土少女們所能想像。）

長腿姑娘的臉又紅了。

她不怕赤裸裸地面對任何一個男人，因爲她根本不在乎。

可是她發覺自己的隱私被人知道得這麼多的時候，她卻在乎了。

她甚至懷疑，她在鏡子前面欣賞自己時所作的那種動作，這個男人是不是也知道得非常清楚?而她連這個男人的臉都沒有看到過，甚至連手都沒有看到。

——這個苦行僧的眼色，有時候就像是一面鏡子。

揭人隱私是個多麼令人痛恨的事，大概是每個人都明白的。以揭人隱私爲手段而求達到自己某種目的的人，是種多麼令人厭惡憎恨的人，大家也應該明白。

郎格絲心裡雖然充滿了痛苦憤恨與羞侮，但她卻還是要看下去。

雖然有關她的資料已到此結束，她還是要看下去。

因爲苦行僧告訴她：

「下面這些資料，是另外兩個人的，你大概不願再看下去，因爲你既不認得她們，也沒有聽過她們的名字。」他說：「你一定會覺得，你跟她們這兩個人，根本完全沒有一點關係。」

事實也正是這樣子的。

「可是你一定要看下去，」苦行僧告訴她：「因爲這兩個你完全不認得的女人，其實是跟你有關係的。」他甚至還強調：「我可以保證，你永遠都想不到她們和你的關係有多麼密切。」

所以郎格絲一定要看下去，她看到的第一個名字，就是她從未看見過的。

這個人姓蘇，叫蘇佩蓉。

苦行僧的確沒有騙她，因爲她的確沒有想到這個叫做蘇佩蓉的女人，竟然就是——

姓名：蘇佩蓉

代號：蘇蘇

女，二十三歲。

父：蘇誠，又名蘇成，又名永誠，又名永成，又名無欺，又名不變，又名一信，江湖人稱：「吃虧就是占便宜」，蘇吃虧。

（註：又誠實，又守信，又肯吃虧，是不是一個好人呢？這個人，真是好極了。）

——這一點其實是不必註明的，因爲這位蘇先生平生根本沒有吃過虧，「吃虧就是占便宜」的意思，只不過是說別人只要碰見他就一定會吃虧，別人吃了虧，占便宜的就是他。

在蘇先生這一生中，走遍南北，認得的人也不知有多少，能夠不被他占上點便宜的，恐怕連一個都沒有。

像這麼樣一個人，被他騙到手的女人當然也不少，替他生下蘇佩蓉這個女兒的，卻是其中最特別的一個。

因爲這位女士也和他一樣，也是以騙人爲業的，被她騙過的男人，絕不會比他少。

這位女士的名字，赫然竟是花鳳來，下面記載的資料，也和上一份資料完全相同。

郎格絲終於明白苦行僧爲什麼一定要她看這份資料了。

——這個本來好像跟她完全沒有關係的女人，居然是她同母異父的姐妹。

另外一個女人和她又有什麼關係呢？

郎格絲不笨，她的四肢雖然發達，頭腦並不遲鈍，她的反應通常都要比別人快一點，她當然已經可以想像得到，這份卷宗裡的第三個女人和她有種什麼樣的關係。

她想的果然不錯，第三個女人果然是：

姓名：李藍袖

代號：袖袖

女，二十一歲。

父：李藍衫，十三歲成秀才，十六歲入舉，「藍衫才子」名動學林，卻與進士無緣，可是十九歲時就已成為武當後起俗家弟子中的第一名劍，「藍衫劍客，劍如南山，采菊東籬，悠然而見。」以那種悠悠然的劍法，在一年中連勝一十九戰。

（註：可是這位文武雙全的才子劍客死得太早，就在他聲名到達巔峰的那一年，他就死了。

那一年也是他成親生女的一年，他的女兒還在襁褓中，他就已死在中原一點紅的劍下。

那一年，他才二十歲。

那一年，也正是楚留香的名聲剛剛開始被江湖中人注意的時候。

那一年楚留香才十餘歲，蘇蓉蓉、宋甜兒、李紅袖也才是少女。

那年的元宵夜，胡鐵花和人拚酒時，已經可以一口氣連喝黃酒二十八升。

那一年楚留香的另一個好朋友姬冰雁，已經賺到了他這一生中的第一個一百萬兩。

——不是銅鐵錫，而是銀子，純淨的白銀。）

——那一年當然也就是李藍袖出生的時候，她的母親當然就是：

母：花鳳來，蘇州人，江南名妓……

郎格絲用不著再看下去，下面的資料，她用不著看也已經可以背得出來。

這個本來和她完全連一點關係都沒有的李藍袖當然也是她異父同母的姊妹。

——她忽然覺得很好笑，而且真的笑了，笑得幾乎要哭了出來。

苦行僧一直在靜靜地看著她，直等她笑完了，才淡淡地說：「令堂是位很特殊的女人，結識的男人也很特殊，能讓她爲他生孩子的，當然更特殊。」苦行僧說：「所以你們三位姐妹，不但繼承了令堂的聰明和美麗，多少也承繼到一點你們父親的特性。」

他說得很溫和，聽不出絲毫譏誚之意，但卻可以讓聰明的人難受得要命。

郎格絲已經有了這種感覺，因爲她知道他將要說出的都是事實。

而事實通常都遠比謊言傷人。

「你當然知道蘇蘇就是我特地派去照顧慕容的兩個人中之一。」苦行僧說。

裡？」苦行僧問。

「是的，」郎格絲承認：「我知道。」

「那麼，我想你一定也知道，她就是刺殺柳明秋的人。」

「是的。」

「柳明秋縱橫江湖，艱辛百戰，出生入死，經驗是何等老到，怎麼會栽在一個小女孩的手裡？」苦行僧問。

「因爲他完全沒有提防她。」

苦行僧立刻又問：「她既然已有殺他的意思，像柳明秋這樣的人物怎麼會看不出來？」

郎格絲沉默，因爲她已知道苦行僧的答案。

「蘇蘇能夠讓柳明秋完全沒有提防她，只因爲她有她父親的特質。」

——一種可以讓人在不知不覺中吃虧上當的騙人特質。

「你可以想像到，蘇誠在外表上看來，一定是個又誠懇又老實又肯吃虧而且常常受人的氣被人欺負的人。」苦行僧說：「蘇蘇當然也是這樣子。」

——是的，蘇蘇看起來不但又乖又溫柔，而且老實聽話，你叫她幹什麼，她就幹什麼，只不過她心裡在想什麼，誰也不知道，而且不管她心裡在想什麼，她都做得出。

「有這種特質的人並不多。」苦行僧說：「這種人要殺人的時候，總不會遲疑片刻，殺人之後，立刻就可以爲那個人心酸落淚。」

苦行僧悠然道：「就因爲我看出了這種特質，所以柳先生才會死。」

他說這句話的態度，甚至已經露出了一種他從未露出過的得意之色。

郎格絲明瞭這一點。

要致柳明秋於死地，絕不是件容易事，要看出蘇蘇這種特質，更不容易。

「袖袖的情況，差不多也是這樣子的。」苦行僧說：「她當然也有一種與眾不同的特質。」

「她這種特質，當然也有被你利用的價值，所以你才會找到她。」

「是的。」

「蘇蘇的特質是『騙』，袖袖的特質是什麼呢？」郎格絲問：「在這次行動中，她有什麼價值？」

苦行僧先回答了她第一個問題：「袖袖的特質是『死』，就像她的父親一樣，隨時都準備死，隨時都可以死。」

「是不是因爲他們根本不怕死？」

「是的。」苦行僧說。

可是立刻他又重作解釋：「不怕死也不是完全一定絕對的。」

「我不懂你這句話的意思。」

「不怕死的意思，也有很多種不同的解釋。」苦行僧說：「只不過我只要說出兩種就已足夠。」

如果郎格絲問他：「哪兩種？」

這種問題是根本不需要問的，就算她對這件事很好奇，也不必問。

因爲她不問，對方也會自己回答：「這個世界上大多數事都只能分爲兩種，只不過分類的方法有所不同而已。」

「哦？」

「譬如說，人也有很多種，有些人甚至可以把人分成七八十種。」苦行僧說：「可是你如果把它真正嚴格的分類，人只有兩種。」

他再強調：「種類雖然只有兩種，分類的方法卻有很多。」

譬如說，你可以把人分爲好人與壞人兩種，也可以把人分成死人與活人，男人與女人，聰明人和笨人。

不管你用的哪一種方法分類，都可以把所有的人都包括在其中。

「有一種人平時是怕死的，可是真正到了生死關頭，面臨抉擇時，卻往往能捨生而取義，甚至會爲了別人而犧牲自己。」苦行僧說：「這當然是『不怕死』中的一種。」

「是的。」

「還有一種人，根本就不怕，根本就沒有把生死看在眼裡，因爲他本來就把生命看得很輕賤，人世間的事，全都不値他一顧！」

「李藍衫就是這種人？」

「是的。」苦行僧說：「他的女兒也是。」

「就因爲她有這種特質，所以才敢陪著慕容像飛蛾一樣去撲火？」

「大致可以說是這樣子的。」

「可是我不懂你爲什麼一定要她陪慕容去？爲什麼要耗費那麼多人力物力去找她？」郎格絲問：「她在這次行動中，究竟有什麼作用？」

苦行僧沉默了很久，才一個字一個字的說：「她在這次行動中所占的地位，甚至不在慕容之下。」

郎格絲顯得很驚訝，她一直認爲只有慕容才是這次行動的樞紐。

苦行僧眼中那種帶著三分妖異的得意之色又露了出來。

「這一點當然是絕對機密的，所以我一直要等到現在才能告訴你。」

郎格絲靜靜地等著他說下去，連呼吸都似已停頓。

——最機密的一點是在什麼地方呢？

「你當然知道楚留香身邊有三個非常親近的女孩，一個姓李，一個姓宋，一個姓蘇。」

「我當然知道，」郎格絲說：「不知道她們這三個女孩的人，恐怕也不多。」

這是真的。

二

李紅袖博聞強記，對天下各門各派的高手和武功都瞭如指掌，對他們的事跡和經歷也記得非常清楚，如果香帥問她：「華山派的第一高手是誰？第一次殺人是在哪一年？殺的是誰？用的是什麼招式？」

李紅袖連想都不必想，就可以回答出來，甚至可以把那個人的出身家世、性格缺陷，在一瞬間就對答如流。甚至還可以回答出那個人在哪一天哪一個時辰在什麼情況下出手的。

她不但自己記得住，還要強迫楚留香也記住。

——在深夜，在燈下，爲楚留香添一爐香，強迫他記住。

在江湖中，群敵環伺，殺手四伏，如果你能多對其中的一個人多了解一分，那麼這個人對你的威脅就可以減少一分了。

——如果你能完全透徹的了解一個人，這個人對你還有什麼威脅？

知己知彼，百戰百勝，這句話能夠從千古以來流傳至今，總是有它的道理存在的。

所以她一定要楚留香把一些極成功和在極成功中忽然失敗的人物的事跡和戰跡，完全記在心裡。

因爲她對楚留香的感覺是不一樣的。

——如果只不過是兄妹之情，也是不一樣的兄妹之情！如果只不過是朋友之情，也是不一樣的朋友之情。

所以她希望楚留香能永遠不敗。

就算敗，也要在敗中求勝，敗中取勝。永不妥協，永不退讓一寸一分。

能爲楚留香做這麼多事，李紅袖當然是一個非常聰明的女人。

最重要的是，她爲楚留香所做的所有這些事之中，也有一點共同的特質。

——不敗。

可以死，不可以敗。

「每個人一生中都要死一次的，但是有些人卻可以一生永遠不敗。」苦行僧說：「李紅袖就是要楚留香做一個這樣的人。」

永生已不可以得，不敗卻可以求。

「所以她也是不怕死的，在她爲香帥所做的這些事中，就有這種不怕死的特質。」

郎格絲沉默良久才說：「我明白。」

其實她並非真的十分明白。

——李紅袖、李藍袖，這兩個人之間是不是也有某種神秘的關係？是什麼關係？李藍衫是李紅袖的什麼人？

這些名字當然也許只不過是巧合，這個世界上姓名雷同的人也不知道有多少。

——但是她們的性格之中，為什麼也有一種如此相似的特質？

「不管怎麼樣說，李紅袖總是一個非常堅強勇敢的女人，如果楚留香要去赴死，她也一定會跟著去的。」苦行僧說：「就算明知必死也會去。」

「是的。」郎格絲說：「我也相信她一定會這麼樣做。」

她的眼直視遠方，她的眼中彷彿有一個人。

這個人不是李紅袖，而是一個孤單單站在一頂小轎旁的白衣女人。

她很想直接切入問題的中心，很想直接問這個苦行僧：

「藍袖在這次行動中究竟有什麼作用？和李紅袖又有什麼關係？」

她還沒有開口，苦行僧已經把話題轉到宋甜兒身上。

宋甜兒是個很絕的女孩子，看起來好像有點呆呆的，什麼事都不在乎，什麼都不放在心上，而且很容易滿足，有時候她也許會希望有一個王子會在她生日那一天送她一座城堡。

可是如果有人能在那一天送她一張上面畫著城堡的圖畫，她就已經很開心了。

知足常樂，所以她每天都在開開心心的過日子，甜甜的笑，甜甜的對你笑。

只對你，不對別的人。

——如果你身邊有一個這樣的女孩，你說開心不開心？

而且她還會做菜。

她是五羊城的人，羊城就是廣州，「吃在廣州」，人所皆知。

所以她也喜歡吃，而且喜歡要別人吃她做的菜。

——好吃的人都是這樣子的。

所以她一定要會做菜，而且做得真好，連楚留香這麼好吃這麼挑剔的人，對她做的菜都從來沒有抱怨過。

他甚至告訴他的朋友，連無花和尚未死時，親手做的素菜，都比不上宋甜兒的羅漢齋。

天下的名廚，還有誰能比得上她？

——要抓住男人的心，最快的一條路就是經過腸胃。

男人都是好吃的，如果身邊有這麼樣一個女孩，只怕用鞭子也趕他不走。

這個女孩一直都在楚留香身邊，天天都在，時時刻刻都在，可是我們這位楚大爺眼睛裡卻好像從來沒有看見過她這個人一樣。

只看得見她做菜，卻看不見她的人，甚至連那雙修長結實經常都曬成古銅色的腿都看不見，真是氣死人也。

奇怪的是，我們這位宋大小姐卻好像連一點都不在乎。每天還是過得開心無比。甚至遠比李紅袖和蘇蓉蓉都開心快樂得多。

這三個女孩之中，最不快樂的恐怕就是蘇蓉蓉。

有人說，她們三個人裡面，最漂亮的是蘇蓉蓉，有人說最溫柔的是她，也有人說楚香帥最喜歡的一個是她。

這些我都不敢確定。

我只能確定，她們之中，最不快樂的一個是她。

——是不是愈聰明愈美麗的女孩愈不快樂？

蘇蓉蓉無疑是非常聰明的。

她負責策劃，為楚留香建造了一間鏡室，替楚香帥採購了很多張極精巧的人皮面具，和很多難買到的易容化裝用品。

她自己也精修易容術，使得楚留香隨時都可以用各種不同的面貌和身分在江湖中出現。

「千變萬化，倏忽來去，今在河西，明至江北」，楚香帥的浪漫與神秘，造成了他這一生的傳奇。

這種形象，就是由她一手建立的。

蘇蓉蓉不但溫柔體貼，而且善解人意。

楚留香的日常生活，飲食起居，大部份都是由她照料的。

香帥可以說是個非常獨立的人，但他卻曾經向他的好友透露：

「我可以什麼都沒有，但是如果沒有蓉蓉，我就真的不知道該怎麼辦了。」

由此可見他對她的依賴和感情，只不過她還是不開心。

因爲她知道他仍然不是完全屬於她的。她要的是一個完全屬於她的男人。

她完全屬於他，他也完全屬於她。

他當然不會是這種人。

楚留香是屬於大眾的，是每位熱情少年心目中崇拜的偶像，是每一個江湖好漢想要結交的朋友，是每一個深閨怨婦綺思中的情郎，每一個懷春少女夢中的王子，也是每一個有資格做丈母娘的婦人心目中最佳女婿。

所以蓉蓉不開心。

所以她時常會想出一些「巧計」來讓楚留香著急，甚至不惜故意讓楚留香的對頭綁走。

所以江湖中才會有些呆子認爲她是個糊裡糊塗，大而化之，很容易就會上當的女人。

——一個愛得發暈的女人，對她喜歡的男人，本來就通常會用一點小小的陰謀和手段的，一點欺騙，一點狡猾，一點恐嚇，和三點甜蜜。

只不過她用得比這個世界上大多數女人都要更巧妙一點而已。

可是她也不會把一個和她無冤無怨的人送到陰溝裡去死。

她做不出，她不忍。

她狠不下心去做那些蘇蘇隨時隨地都可以在眨眼間做出的那些事。

但是從另一方面來看，她們之間是不是也有某種相同之處呢？

——她們是不是也有一種會在有意無意間去騙人的特質？

三

這張椅子雖然非常寬大，可惜寬大的椅子並不一定就會舒服。

一張用很冷很硬的木頭或石頭做成的椅子，不管它多寬多大，一個赤裸的女人坐在上面都不會舒服的。

郎格絲現在的樣子就連一點舒服的樣子都沒有了，甚至連一點公主的樣子都沒有了。

她甚至已經把她那兩條很長很長的腿都蜷曲了起來。

苦行僧一直在很仔細地觀察著她，就好像一個頑童在觀察著他剛抓到的一隻稀有昆蟲一樣。

——他眼中所見的，應該是一個可以挑起任何男人情慾的女人胴體，可是他的眼中卻全無情慾。

因爲他此刻眼中所見的，並不是她的胴體，而是她的心魂。

她的心當然已經被他看穿了，就好像她當然也已看穿蘇蓉蓉和蘇蘇，李紅袖與袖袖之間，一定有某種神秘而特殊的關係一樣。因爲她們之間的確有一種相同的特質。

苦行僧當然也明白這一點，所以就用一種最直接的方法告訴她。

「李紅袖和袖袖的性格是一樣的，她們都有一種『輕生重義』的性格。」

他解釋：「也許她們並不重義，因爲女孩子通常都是沒有太多義氣的。」苦行僧說：「一個女孩和女孩之間如果太講義氣，這個女孩就會失去她的愛情了。」

——這個苦行僧，居然這麼了解女人，真是讓人大吃一驚。

一個人如果連「重義」這一點都做不到，要他「輕生」，當然更難。

尤其是女孩。

除非她在天生的性格中，就有一種非常特別的「特質」，一種不怕死的特質。

「在女人來說，這種特質是很少見的，可是她們兩人都有。」苦行僧說：「這當然因爲她們兩個人之間有一種非常親密而特殊的關係。」

他說：「就好像蘇蓉蓉和蘇蘇之間也有某種很特別而神秘的關係一樣。」

「我明白，」郎格絲說：「我非常明白你說的這種關係。」

這一次苦行僧的回答更直接。他說：「李藍衫就是李紅袖的早夭的哥哥，蘇佩蓉就是蘇蓉蓉的異母的妹妹。」

苦行僧故意用一種非常冷淡的聲音問郎格絲：「你說他們之間的關係是不是非常密切？」

這個秘密本來是應該讓人非常吃驚的，可是郎格絲卻好像完全沒有反應。

過了很久，她才用和苦行僧同樣冷淡的聲音說：「你找她們一定找了很久，而且一定找得很辛苦。」

「是的。」

「可是不管找得多辛苦你都要找。」郎格絲說：「因爲有了她們兩個人在慕容身邊，楚留香更不會讓她們死在這一次行動裡。」

「是的。」苦行僧說：「只要他還沒有死，就一定會出手。」

「柳明秋如果不死，這一次行動還未必能成功，蘇蘇殺了柳明秋，應該是這一次行動中最大的功臣。」郎格絲說。

「應該是的。」

「但是你卻說，袖袖在這次行動中所占的地位，遠比任何人都重要。」

郎格絲問：「爲什麼呢？」

苦行僧凝視著她。

「我相信你應該明白我的意思。」他說：「我相信你一定明白的。」

「是的，我明白。」

郎格絲又沉默很久之後終於承認：「你們這次行動的最大目的，並不是要確定楚留香的生死，而是要他死。」

「他一定要死。」苦行僧也承認：「我們既然還活著，他就非死不可。」

「你曾說，你們這次行動一開始，楚留香就等於已經死定了。」

「是的。」

「因爲這次行動開始後，他如果還不出手，那麼就表示他這個人已經必死無疑。」

「是這樣的。」

「可是他如果還沒有死呢？如果忽然又在那間不容髮的一剎那間出現在那條長街上，你們憑什麼能把他置之於死地？」

郎格絲冷冷淡淡地問苦行僧：

「就憑那位鐵大老闆？就憑那些像小蛇一樣的可以扭曲變形的小鬼？還是憑那個半男半女不人不鬼的老鬼？」

苦行僧嘆了口氣，因爲他也不能不承認：「如果憑他們就能在一瞬間取楚留香的性命，那麼楚留香也就不是楚留香了！」

「那麼你憑什麼說只要他一出現，他也就已死定了？」

郎格絲自己回答了這個問題：「你敢這麼樣說，只因你佈下了袖袖這一著棋。」郎格絲說：「她才是你們的最後一著殺手！」

「不是她一個人，是她和慕容。」

「是的。」郎格絲說：「只要楚留香一出現，他們立刻就會將楚留香置於死地，也只有他們能做到這一點，因爲他永遠不會想到這兩個人才是他的殺星。」

苦行僧忽然笑了，連那雙惡眼中閃動的都是真正的笑意。

「狼來格格，你真聰明，你實在比我想像中還要聰明得多。」

這一點才是最重要的。

——沒有袖袖，楚留香就算出現，也沒有人能在一剎那間取他的性命，如果不能在剎那間取他的性命，他就走了。

他要走的時候，這個世界上恐怕還沒有一個人能追得上。

所以一定要做到這一點，這次行動才能完成。

四　一張地圖

一

聽到這個苦行僧把這一點解釋清楚，這個世界上恐怕也沒有人能否定這個計劃的精密和這次行動的價值。

郎格絲也不能否定這一點。但是她只問：

「我呢？」她問苦行僧：「我在這次行動中有什麼用？你爲什麼要找我？」

「不是我要找你，」苦行僧微笑：「如果我沒有記錯，好像是你來找我的。」

他笑得非常謙虛：「但是我當然也不能不承認，我對你多少也有一點興趣。」

郎格絲的目光從她自己赤裸的腿上移向苦行僧冷漠的眼。

「什麼興趣？」她問：「你對我有興趣的地方，當然，不是我的人。」

「這次你錯了，」苦行僧說：「狼來格格，如果這個世界上有一個人會對你這麼樣一個人沒有興趣，那麼這個人恐怕就不是人了。」

「你是不是人？」

「我是，」苦行僧說：「最少在大多數時候我都可以算是一個人。」

他忽然又補充：「只不過我和別的人有一點不同而已。」

「什麼不同？」

「別的人看到你，尤其是在你現在這種樣子的時候看到，第一件想到的事是什麼呢？」

郎格絲毫不思慮就回答：「是床。」

苦行僧又笑：「狼來格格，這一次你又錯了。」他說：「大多數男人看到你時，第一件想到的事並不一定是床。」

他居然還解釋：「因爲這一類的事並不一定要在床上做的。」

他說話的態度雖然溫柔有禮，言詞中卻充滿了鋒銳，幸好這一點對郎格絲並沒有什麼影響。

因爲她好像根本沒有聽見這句話，她只問他：「你說你和別的男人都不一樣？」

「是的。」

「什麼地方不一樣？」

「我看見你的時候，非但沒有想到床，也沒有想到有關床的任何事。」

「你想我的是什麼？」郎格絲問。

苦行僧沒有直接回答這句話，他只站起來，從某一個隱密的地方拿出一張圖。

一張上面畫滿了山川河嶽城堡樹木的圖。

「我看見你的時候，我想到的就是這一張圖。」苦行僧說：「不管我看到你什麼地方，不管我看到的是你的腿還是你的腰，我想到的就是這一張圖。」

郎格絲的臉色變了，甚至連全身都變了。

表面看起來，她沒有變，全身上下從髮稍到足趾都沒有變。

可是她變了。

她從頭到腳每一個地方都變了。

她光滑柔軟的皮膚，已經在這一刹那間爆起，爆變爲一張天空，上面有無數粒星星的天空。

——無數的星，無數的戰慄。

在某一種時刻來說，每一粒戰慄都是一種不可抗拒的刺激。

這張圖其實只不過是一張地圖而已。

一張地圖怎麼會讓郎格絲改變得如此多，而且如此強烈？

「你應該認得這張圖的。」苦行僧對她說：「狼來格格，我想你一定認得這張圖，但是我也可以保證，你一定想不到這張圖怎麼會到了我手裡。」

郎格絲不說話，因爲她無話可說。

她當然認得這張圖，這是波斯王室埋藏在中土的寶藏分佈圖。

波斯的王室是世界上最古老的王族之一，而且是少數最富有的幾個王族之一。在漢唐之前，就有波斯的胡賈來中土通商，波斯的王族也久慕中土的繁華和艷色，再加上王族權勢的轉移，所以有不少人委託這些商賈將財富載運到中原來，藏匿在某一個神秘的地方！

這些財富當然是一筆很大的數目。但這些財富的主人都享用不到了。

——一個有財產需要秘密藏匿的人，通常都是活不長的。而且往往會很秘密的死。替他們埋藏這些財富的人，當然死得更早。

——如果這些人沒有讓替他們埋藏寶物的那些人死得更早的把握，怎麼會把寶物交給他們？

他們的人雖然死了，他們的財富也隨之湮沒，他們的死亡和財富本來都已經是個永遠無法解開的結。

如果有人能解開這個結，這個人無疑就是富甲天下的強人。

這一類的人雖然很少，但是總會出現的。

——這一類的人，不但要特別聰明，特別細心，而且一定還要特別有運氣。

這一代的波斯大君就是這樣一個人。

他從很小的時候，就發現了一件事——他從一生下來，就已經擁有一切。

所以他這一生的命運，已經被註定了。

——註定的並不是幸福，而是悲傷。

一個已經擁有一切的人，還有什麼樂趣？這個世界上還有什麼值得他去奮鬥爭取的事？

那麼他活著是爲了什麼呢？難道只不過是爲了「活」而活？

那麼這個人和一個苟延殘喘的乞丐又有什麼分別？

一個人生命中一定要有一些值得他去奮鬥爭取的目標，這個人的生命才有意義。

這位波斯大君從很小的時候就認清了這一點，所以他幼年時就已決定要做一些大家都認爲任何人都不可能做到的事。

他要做的第一件事，就是要把波斯王室所有湮沒的寶藏都發掘出來。

他做到了這件事。

這張地圖，就是他的成果。

他調查過所有的資料，把王室中每一筆流出的財富都調查得非常清楚。

——是什麼人擁有這筆財富，是在什麼時候從資料中消失的？在這段時期中，有些什麼人可能把這筆財富帶出國境？這些人到什麼地方去了？曾經到達過什麼地方？

在這些人之中，又有哪些人和哪些財富的擁有者有過來往？

這件工作當然是非常困難的，可是對一個又有決心又有運氣的聰明細心人來說，天下根本就沒有他做不到的事。

這張地圖就是證明。

地圖上每一個標明有「×」字標號的地方，就是一筆數目無法估計的財富埋藏處。

所以這張地圖本身就是件無價之寶。

大君把這張圖交給了郎格絲。

他知道她的工作也是非常艱苦的，艱苦的工作，必須要有後援。

這個世界上還有什麼後援能比錢財更有力？

郎格絲當然也明瞭這一點，當然也知道這張地圖的價値。

她看過這張地圖後，就把它毀了。

因爲她已經把這張圖記在心裡，只有記在心裡的秘密，才是別人偷不去也搶不去的。

——就好像一個人心裡某一些値得珍惜的回憶一樣，只有用這種方法保存，才能永遠屬於自己。

她永遠也想不到這張圖居然又出現在紙上，這張紙居然會出現在這個苦行僧手裡。

二

「我知道你看到我手裡的這張圖一定會吃驚的。因爲這個世界上本來已經沒有這麼樣一張圖存在了。」苦行僧說。

「你們的大君已經把它交給了你，因爲他已將它記在心裡。」苦行僧又說：「你也將它毀了，因爲你也把它記在心裡。」

郎格絲忍不住問：「那麼現在你手裡怎麼會有這張圖呢？」

「因爲我會偷。」

苦行僧微笑：「我也像你們的大君一樣，會用一些特別的方法偷別人久已埋藏在心裡的東西。」他說：「這種方法當然不容易。」

這種方法當然不容易。

從郎格絲離開波斯的時候，這個苦行僧就已經在注意她了。

——她的飲食起居，日常生活，她的一舉一動，她的每一個接觸和反應。

「你知不知道我動員了多少人去偵察你？」苦行僧問郎格絲。

她當然不知道。

他自己回答：「你一直想不到的。」苦行僧說：「爲了偵測你的行爲和思想，我一共出動了六千三百六十個人，而且都是一流的好手。」

郎格絲這一次並沒有被震驚。

要偵察她的行爲並不困難，要探測她的思想卻絕不是件容易事。

能捕捉到的人，對這一類事的判斷，也不可能是完全一樣的。

所以要探測一個人的心理，所需要動員的人力，也許比出戰一個軍團還要多得多。

因為這本來就是人類最大的奧秘。

要去偷一個人心裡的圖，當然也要比偷一個櫃子裡的圖困難得多。

苦行僧雖然仍舊故作嚴肅，笑得卻很愉快。

「在這一面，我相信這就是天下共推的盜帥楚留香，也未必能高過我。」

「那是一定的。」郎格絲冷冷地說：「因爲天下人都知道，香帥從不偷任何人心裡的秘密。」

任何人都知道，楚留香是一個最尊重別人隱私的人。

「如果他要偷。」郎格絲說：「他最多也只不過偷一點別人心裡的感情。」

「是的。」苦行僧承認。

「我也是個江湖人，而且我精研古往今來所有江湖的歷史，甚至遠在百年前的名俠都不例外。」

他說：「可見我也承認，在這一方面，楚香帥是沒有人能比得上的。」

楚留香從不殺人，他總認為——

一個人無論在任何情況中，不管犯了多大的錯誤，都應該先受到法律的制裁，才可以確定他的罪行。

確定他的罪行後，才可以制定對他的懲罰。

在楚留香那個時代，這種思想也許是不被多數人認同的，可是在現代，這種思想卻已經成爲所有文明國家立法的準繩。

三

「既然你也認爲楚留香是個很了不起的人，你爲什麼一定要他死？」郎格絲問。

苦行僧拒絕回答這個問題，可是他的眼睛卻已經替他回答了。

在這一瞬間，他的眼睛裡忽然出現了說不出的怨毒和仇恨。

郎格絲在心裡嘆了口氣，再問第二個問題。

「你怎麼知道大君已經把這張圖交給了我？」

這次苦行僧雖然回答了她的問題，卻等於沒有回答一樣。

「每個人做事都有他自己的方法，這種方法通常都是不能告訴別人的。」苦行僧說：「我也不例外。」

他說：「不管我用的是什麼方法，你還沒有走出波斯的國境，我就已對你這個人非常了解了。」

「所以你早就盯上了我？」

苦行僧搖頭：「不是我盯上你，而是要你來盯上我。」

「哦？」

「我當然先要想法子讓你知道，我現在正在進行的這個計劃，可以和你要做的事完全配合。」

「所以你相信我一到這裡，就一定會來找你，不管要用什麼手段，都在所不惜？」

「是的。」苦行僧說：「我確信你一定會這麼樣做。」

「因爲你不惜用一切手段，也要得到我這張圖。」

「是的。」

苦行僧說：「我不但要利用你的財富，來助我完成這個計劃，我還要利用你這個人，來替我除掉那個蜘蛛和那個割頭的小鬼。」他解釋：「如果我親自出手，別人也許就會認爲我太過份了一點。」

——他們本來都是他這次密約中的盟友，如果他親自出手殺了他們，非但不智，而且不吉。

「這一次計劃中，每一點我都算得很周密。」

苦行僧說：「只有一件事是出我意料之外的。」

「什麼事？」

苦行僧盯著這位長腿細腰的狼來格格：「你爲什麼不殺那個小鬼？」他問：「剛才你本來有很好的機會，你爲什麼不殺了他？」

——在當時那一刹那間，她的確隨時都可以將那個割頭小鬼絞殺於她那雙長腿下。

「那時我確實可以殺了那個小鬼。」郎格絲說：「我本來也想殺了他。」

「你為什麼不殺？」

「因為我忽然下不了手。」

「為什麼？」

「就在那一瞬間，我忽然有了一種非常奇怪的感覺。」郎格絲說。

——就在她說這句話的時候，她的身體和臉上也出現一種非常奇怪的表情，就好像一個懷春的少女在一個溫暖的仲夏夜裡，忽然觸及了一隻男人的手，一個她喜歡的男人的手。

「我忽然覺得非常刺激。」郎格絲說。

她的聲音也變了，彷彿變成了一種春夜的夢囈。她就用這種聲音接著說：

「就在那個小鬼爬到我身上來的時候，我就忽然覺得全身上下都好像被塞入了一個大毛筒子裡一樣，」郎格絲輕輕地說：「一個人有了那種感覺的時候，怎麼能下手殺人？」

苦行僧眼中第一次有了驚詫之色。

「你說你有這種感覺的時候，就是那個割頭小鬼爬到你身上的時候？」

「是的。」

「那個小鬼能讓你有這種感覺？」

「只有他能讓我有這種感覺。」郎格絲說：「從我有情慾的時候開始，只有他一個人能讓我有這種感覺。」

苦行僧怔住。

他早就知道這個狼來格格一定會對他說真話的，因爲他已將她「推」入一個不能不說真話的極限。

可是他想不到她說出來的話竟會讓他如此震驚。

——一個如此高大修長的美女，將天下的男人都看做狗屎，一個只有在對著鏡子時才能發洩的自戀狂，怎麼會被一個醜陋的侏儒引發了情感？

——這是多麼不可思議的事？這種事誰能解釋？

郎格絲能解釋，所以她只有自己解釋。

「我相信，至少有一點你一定可以明瞭。」郎格絲對苦行僧說：「這個割頭小鬼和其他任何一個男人都是完全不同的。」

「我承認這一點。」苦行僧說：「這個小鬼看起來根本就不像是一個人，當然和別的男人都不同。」

郎格絲淡淡地點了頭：「這個世界上不是人的男人本來就太多了，又豈非他一個？」

苦行僧也不能不承認這一點，就正如郎格絲也不能不承認這個世界上有很多不是人的女人一樣。

「可是這個小鬼還是不一樣的。」苦行僧說：「他就像是一條蛇、一隻老鼠、一個蟑螂、一條壁虎、一隻蜘蛛，看見他的女人能夠不尖聲大叫的恐怕很少。」

「就因爲這樣，所以才刺激。」郎格絲說：「就因爲他這麼醜、這麼猥瑣、這麼讓人噁心，所以他抱住我的時候，我才會覺得刺激。」

她問苦行僧：「你想想，如果這個割頭小鬼真的是個漂漂亮亮的小男孩，是不是不好玩了？」

苦行僧又怔住。

——一個大女人，被一個正正常常的小男孩抱住，的確是沒有什麼刺激的。

這一點無論誰都不能不承認。

——「不正常」本來就是一種刺激，也正是人類天生的弱點之一。

——對一個本來就不正常的女人來說，這種刺激當然更難抗拒。

「所以我受不了那個小鬼。」郎格絲說。

——那個小鬼抱住她的時候，她心裡是什麼感覺？肉體又有什麼感覺，這些話本來是她準備接著說下去的。

可是她沒有說下去。

因爲她忽然嗅到了一種她確信自己在此時此刻此地絕無可能嗅到的香氣。

她嗅到了一種蘭花的香氣。

現在還是秋天，距離花開放的時候還早得很。在這麼陰森的一間石屋裡，怎麼可能嗅到蘭花的香氣？

她甚至不相信自己的鼻子。

可是她相信自己是個完全健康的人，不但發育良好，而且從小就受過極嚴格的訓練。

她確信自己全身上下每一個組織都是絕對健全的，從未有過差錯。

「不可能」這種事，本來是不可能在她身上發生的。可是現在卻偏偏發生了。

所以她才特別震驚。

——也許就因爲她是個十分健全而且反應特別靈敏的人，所以才會特別震驚。

這一點是非常重要的。

每一個正常健康的人，忽然遇到一件自己認爲絕無可能發生的事時，都是這樣子的。

蘇蘇也是這樣子的。

所以她在絞殺柳明秋之後，才會忽然暈厥，因爲她忽然見到了一個她從未想到她會在那一時那一刻見到的人。

這個人是誰？

這時候是什麼時候？這時候月正中天。這時候月正圓，這時候蘭花的香氣忽然像凌晨的濃

霧一樣散佈了出來。

——不可能的，這是不可能的，在月滿中天的仲秋夜，怎麼會有蘭花開放？

郎格絲忽然覺得自己在暈旋，整個人都在不停地旋轉，就好像忽然被傾入一個轉筒裡。

因爲她真的看見一朵花在開放。

她真的看見了。她真的看見了一朵蘭花開放在這個苦行僧的臉上。

一張蒼白的臉，好白好白。除了白之外，她看不見別的顏色。

——這張臉是怎麼會出現的？是在什麼時候出現的？怎麼會忽然從那一層層充滿無限神秘的陰影中出現？

——這張臉究竟長得什麼樣子？是什麼樣的鼻？是什麼樣的眉？什麼樣的嘴？什麼樣的臉？

郎格絲沒有看見。

她沒有看見，並不是因爲這張臉只有一片白，悽悽慘慘白得耀眼。

她並沒有看見，只因爲她只看見了一朵蘭花。

一朵鮮紅的蘭花，好紅好紅，忽然像血花在他那張慘白的臉上綻發。

在火燄中，忽然又出現了一張臉，一張真正屬於這個苦行僧的臉。

這張臉為什麼如此美？一個苦行僧的臉為什麼會如此美？美如花。是不是因為這朵忽然在

他臉上綻放的蘭花，已與他的臉融為一體？

忽然間，這個苦行僧的臉，已經變成了一朵花。

蘭花。

蘭花，紅色的蘭花，紅如血，紅如火。

這時正是午夜。

這時正有一輪圓月高掛天上。高掛在仲秋午夜漆黑的天空上。

這個午夜，居然有蘭花，午夜的蘭花。

午夜蘭花。

蘭花怎麼有紅的？

——蘭花有許許多多的顏色，許許多多的形態，甚至有的黑如墨綠如翡翠，可是這種紅色的蘭花，紅如鮮血的蘭花，甚至比血還紅。

甚至紅得像地獄中的火燄一樣。

——這種蘭花怎麼會在人間出現？怎麼會在一個人的臉上出現？

一張如此蒼白的臉上，忽然灑滿鮮紅，一片蒼白的雪地上，忽然迸出火燄。

大地突然沉寂，一切的話語都終止了。郎格絲陷入一股莫名的疑懼之中。

天下的每一事每一物，都不可能完全的永恆，但是事物的轉換都要假藉外力，受環境影響，而這一時、這一刻，誰能道出這個劇變的原因何在？是誰？什麼事？什麼緣故，使得它有了這個變化？

第四部

蘇蘇

——她忽然發現她面前出現了一個人，一個她從未想到真的會在生命中出現的人，這個人正在用一種奇怪的眼神看著她——

一　宴會

一

蘇蘇暈了過去。

她是個非常堅強的女人，平生很少有真的暈過去的時候。

可是看見了這個人，她暈了過去。

等她醒的時候，她又看見了一件奇怪的事。

——她看見了一個宴會。

宴會並不奇怪，在這個世界上，宴會是每天都會有的，各式各樣的人，各式各樣的宴會，有的宴會讓人快樂，有的宴會使人煩厭。

宴會絕不是一件奇怪的事，可是這一次宴會，卻的確是一個奇蹟的宴會。

——這個宴會的賓主一共只有四個人，可是侍奉這四個人的隨從姬妾廚役卻最少有四百個。

這也不是十分奇怪的事，在王侯鉅富顯官鹽商的家宅，這種事本來是很平常的事。

奇怪的是，這個宴會是開在一片山崖上。

一片飛雲般飛起的山崖，在山之絕巔。一片平石，石質如玉，寬不知多少尺。

——蘇蘇知道她再也不會看見了，再也不會看見這麼樣一片山崖。

她以前絕未見過，以後也絕不會再看見。因爲這是一個奇蹟。

這一片白玉般的平崖是一個奇蹟，這一個宴會也是一個奇蹟。

因為這個人就在這個宴會裡，就在這個山崖上。

因爲這個人就是我們最想見到的一個人。

二

這個人穿一件藍色的長衫，非常非常藍，式樣非常非常簡單。

這個人很瘦，臉色是一種海浪翻起時那種泡沫的顏色。又好像是初夏藍天中飄過的那種浮雲。

——誰也不知道那是種什麼樣的顏色，誰也無法形容。

這個人的神態氣質和風度也是無法形容的。

——那麼飄逸的一個人，那麼飄逸靈動秀出，坐在那裡卻像是一座山。

他坐在陪客的位置上。

另外一位陪客是一個獨臂人，雖然只剩下一條手臂，可是容光煥發，精神抖擻，看起來就像是一個剛中了狀元的新科舉人一樣。

無論誰只要看見了這個人，都一定會看出他是一個非常成功的人，事業、婚姻、情感、經濟、友情、生活，每方面都極爲成功。

成功就是愉快。

這個人不管從哪方面看來都是一個非常成功又非常愉快的人。

只有一點是非常奇怪的。

——這麼樣一個成功而愉快的人，別人卻不敢看他，因爲他的眉眼間，總彷彿帶著有一種可以從腳底冷到心底的殺氣。

一種連你自己都相信，只要他動手殺你，你就一定會死的氣氛。

這種人是非常少的，而且是絕對不可輕犯的，無論誰，只要看過他一眼都可以明白這一點。

蘇蘇是一個膽子非常大的女人，心也非常狠，可是蘇蘇看見這個人的時候，只告訴自己一句話。

——不要惹他。

蘇蘇沒有見過這個人，也不認得這個人，可是她知道，惹了這個人，能活著的機會就不太多了。

這個人是誰？

主客是一位老太太。

我敢打賭，誰也想不到這麼樣一位老太太會在這種時候坐在這種地方和這麼樣三個人喝酒的。

她不但喝酒，而且喝得很多，甚至比一個爭強鬥勝的小伙子還多。

她喝酒簡直就像是喝開水一樣。

人家說，能吃是福氣，能喝也是福氣，這位老太太大概是這個世界上最有福氣的一位老太太了。

別的老太太就算能活到她這樣的年紀，也沒有這麼能吃能喝，就算這麼樣能吃能喝，也沒有她這樣的榮華富貴，就算有這樣的榮華富貴，也沒有她這麼樣多子多孫，就算有這麼多子多孫，也不會像她這樣，所有的子孫都能出人頭地。

就算有她這所有的一切，也不可能有任何一位老太太，能像她一樣，在江湖中有這麼大的名氣。

這位老太太一共有十個兒子，九個女兒，八個女婿，三十九個孫兒孫女，再加上六十八個外孫和外孫女。

她的子婿之中，有一個出身軍伍，身經百戰，已經是當今軍功最盛的威武將軍。

可是這位將軍在她的子婿中卻絕不是受人重視的一個。

在她的家族心目中，一個將軍根本就不算是一回事。

她有九個女兒，卻只有八女婿，這絕不是因爲她有一個女兒嫁不出去。

江湖中人都知道，這位老太太的九個女兒都是天香國色，而且都有千萬嫁妝，要求她們嫁他的男人，從北京排隊，一直可以排到南京。

她有一個女兒沒有嫁出去，只因爲她有一個女兒已經削髮爲尼，已經承續了「峨嵋」的衣鉢，已經是當代最有權力的七位掌門之一。

——而且是江湖中第一位最有權力的女人。

——這個社會畢竟還是一個男性的社會，一個女人能夠在男性的權力世界中占一席，已經很不容易。

——縱然是第七位，已經非常不容易。

這位老太太最小的一個孫女兒竟是金靈芝。

金靈芝當然是楚留香和胡鐵花的好朋友，她是同時認得他們的。

他們正在一家完全男性化的洗澡堂裡洗澡，她闖了進去。

這種洗澡堂是非常古老的，是一種非常古老的男性禁地；千古年來，都很少有女人敢闖進去，——我們甚至可以說，絕對沒有女人敢闖進去。

——我們甚至也可以說，除了一些雖然是女性卻非女人的女人外，根本沒有女人敢闖進去。

敢闖進這種男人禁地的女人，當然要有一點勇氣。

對一個女人認得兩個男人這件事來說，這當然是一個很奇特很刺激的開始。

可是他們認識之後共同經歷的事，卻更玄奇刺激得多。

他們曾經躺在棺材裡，在大海上漂流，也曾在暗無天日的地獄中等死。

他們曾經用魚網從大海中撈起好幾條美人魚，——會殺人的美人魚。

他們甚至遇到過終生不見光明的蝙蝠人。

他們曾經同生死，共患難。

他們都是好朋友。

胡鐵花和金靈芝的交情更不同，也許就因爲這緣故，所以楚留香就和金靈芝比較疏遠一點。

楚留香在蝙蝠島上呵護過的東三娘，後來不幸死了。

死人是沒有感情的。

——死人已經死了，什麼都死了，生命軀體血肉思想都已死得乾乾淨淨，怎麼還會有感情？

可是，還是有感情的。

死人對活人雖然已經沒有感情，活人對死人還是有感情的。

這是不是也是人類最大的悲哀之一。

——這個宴會的主人是誰？

三

一張非常特別的臉，非常瘦，輪廓非常突出，顴骨非常高，使得他臉上看起來好像有兩個洞一樣——在顴骨陰影下深陷下去的那一部份，看起來就像是一個洞。

一張非常大的嘴，不笑的時候，好像很堅毅，而且很兇，笑起來的時候卻像是個菱角。甚至是個元寶。

一雙非常大的眼，眼神清澈而銳利，可是往往又會在一瞬間有一種非常仁慈而可愛的表情出現。就好像剛剛吹過將溶的冰河那種春風一樣。

一個非常大的骨架，手長，腳長，頭大，肩寬，就好像一個上古人類的標本。

——這個人多麼奇怪。

蘇蘇見過男人，見過男人無數，可是這麼奇怪的男人，她還沒見過。

最奇怪的一點是，這個男人不但比她見過的所有男人都奇怪，而且比她見過的所有男人都有錢，這一點也是她可以確定的。

——如果連蘇蘇這麼樣一個女人都不能確定一個男人是不是有錢，那才真的是怪事了。

從九歲的時候，蘇蘇就已經被訓練成一個鑑定各種金銀珠寶珍貴飾物的專家。

——至於書畫古玩的鑑定，那當然比較困難，那要等到她十七歲以後才行。

據蘇蘇的初步估計，這個人身上穿的一套衣服和衣服上飾物的價值是——

——三萬八千個人從出生到死亡間這一生中所有的耗費，而且這三萬八千人所過的生活，還是極優裕的生活，吃的是雞鴨魚肉，穿的是綾羅綢緞，身邊的是嬌妻美妾。

——這當然是一件不可思議的事，可是你有沒有聽說過一個故事，用一顆寶石換一個國土的故事？

生命中本來就有很多事的價值是無法估計的，還有很多事甚至無價。

——一個人一件物的價值的認定，最主要還是在你的心裡，一個卑賤的妓女，在你心裡的價值也許會勝過聖女無數。

可是蘇蘇對這個人衣飾的估價卻是完全客觀的，而且絕對精確，甚至比一個最賺錢的當舖裡最精明的朝奉還精確。

蘇蘇從來沒有見到過這麼樣的一個人，也沒有想像到這個世界上有一個人穿著這麼樣一套華貴的衣服在她面前出現。

她甚至有點心動了。

——一個女人，看見如此華貴的衣飾珠寶如果還能不動心，這個女人一定不是真女人。

「不是真女人是什麼意思？」

「如果她不是假的，就是死的。」

蘇蘇是個非常聰明的女人，而且學得很多，學得很勤。有時候甚至學得很苦。事實上，大多數時候她都學得很苦，甚至不惜犧牲一切去學，甚至犧牲一個女人一生中最珍惜的一些事物。

——沒有人知道她學成後是快樂還是痛苦？連她自己也不知道。

可是她知道她是成功的，武林中能夠獨創一格而且能夠橫行一時的武功，如果有一百種，她就算沒學會，至少也可以認出它的來歷家數。

武林中如果有一百個頂尖人物，她至少可以認得出其中九十九個。

那個藍衫人她是認得的。

——一看見這個人，她心裡就會覺得有一桿槍。槍尖在心。心如火。

——不是這種可以燒及人的火，而是一種暖暖的、溫溫的火，就好像晚來天欲雪，紅泥小火爐裡的那種火一樣。

——就好像有好朋友在將雪的寒夜要來飲小火爐上的新醅酒時的那種心情一樣。

——就好像初戀而失戀，再一次有了戀情時那種心情一樣。

——就好像快要死了一樣。

快要死了。是什麼滋味？

蘇蘇甚至還認得那位老太太。

一場盛宴正在杯觥交錯中進行著。

在這樣的場合，這樣的氣氛中，任何人都會感到十分盡興。蘇蘇似乎也感染了他們愉悅的心情。

看到藍衫人，蘇蘇的心裡微微有些震撼，看到老太太呢？她的心情又是如何？

——江湖中有誰不知道江南的萬福萬壽園？江南人都知道，在這座名園裡面有三多。

花最多。

江南的花，彷彿都匯集到這裡來了，不分種類，不分季節，就算是冬天，春天的花也會來。

人最多，尤其是名人。

江湖中的名人彷彿都已匯集到此處，沒有到過萬福萬壽園的人，就算有名也有限。

如果說江南的江湖名人有一百個，那麼這個家族至少也占了四十九。

財產最多。

金氏家族的財產是無法估計的。

——田產、地產、事業、店舖，其中甚至是包括棺材舖，一個人生死之間所有一切的供求需要，他們都有。

可是這還不算。

他們的家族裡，最值得炫耀的一件事，是所有人類最不需要但卻最艷羨的——

珠寶。

這個世界的人，有誰不喜歡珠寶？

——珠寶、瑪瑙、翡翠、碧玉、祖母綠、貓兒眼、金剛鑽，誰不喜歡？

就算男人中有一些不喜歡的，女人呢？

——不喜歡珠寶的女人，大概比不喜歡男人的女人更少。

金氏家族裡的珠寶，大概可以讓這個世界上大多數女孩都出賣自己。

這位老太太就是萬福萬壽園的最近一代女主人，可能也就是金氏家族最後一代的女暴君了。

——暴君在這個世界上，已經愈來愈少。

那個臉上有兩個洞，心裡卻好像有幾千幾百個洞的人是誰呢？

蘇蘇站起來了，從一張很舒服很舒服的軟榻上站起來了。

她站起來的姿態很優美，因爲她很小就受過極嚴格的訓練，已經懂得一個女人要用什麼方法才能取悅男人。

——一個不懂得取悅男人的女人，就不會是一個成功的女人，有時候甚至不能算做一個女人。

蘇蘇站起來的時候，用那麼優美的姿態站起來的時候，別人居然全部都沒有注意到她。

每一個人好像都有他自己的事要做，而且一定要做，就算在這個世界上最了不得的事發生在他們身邊，他們也不會去看，不敢去看。

——當然也有人是不屑去看。

只有一個人是例外。

蘇蘇站起來的時候，那個藍衫人幾乎也在那同一刹那間站了起來。

他的態度是非常溫柔的，他的風度也非常溫柔的，可是在溫柔中，卻又帶著一種非常奇怪的態度。

一種「死」的態度。

——那麼沉靜，那麼溫柔，那麼孤獨，那麼冷淡，可是心靈中卻又好像有一把永遠不會熄滅的火。

這個人是誰，誰有這種魅力？

蘇蘇知道這個人是誰，卻只是不敢確定，所以這個人向她走過來的時候，她也走過去，用一種連她自己想起來都很嬌怯的聲音問他：「你是不是楚留香？」

是的。絕對是的。

四

——這個人當然就是楚留香，除了楚留香之外，還有誰有這種魅力？

一種接近死的魅力。

——這個世界上，還有什麼事比「死」更有魅力？

——這個世界上，除了「死」之外，還有什麼事能讓人去自殺？——生命如此可貴，要讓人去自殺是一件多麼困難的事？——如果「死」裡沒有一種魅力，怎麼能讓人去死？

死的魅力，是不是一種忘記？是的。

——忘記是一件多麼困難的事，除了「死」之外，還有什麼事能讓人完全忘記？

——不但是忘記，而且是沒有了，什麼都沒有了。生命也沒有了，死了也沒有了，快樂也沒有了，痛苦也沒有了。

——這是一種多麼痛快的解脫，多麼徹底！

楚留香。

——楚留香是一個什麼樣的人？一個人要經過多少掙扎多少磨練多少經歷，還要再加上多少運氣才能做一個楚留香這樣的人？

老天，蘇蘇忽然覺得全身都軟了。

「你真的就是那個楚留香？」蘇蘇問他。

其實她當然相信他就是「那個」楚留香，卻還是忍不住要問，因爲這簡直是件令人無法相信的奇蹟。

——真的能親眼看見楚留香，多麼神奇，多麼令人無法思議。

這個藍衫人笑了，然後又用一種非常文雅而又非常奇特的方式摸了摸他的鼻子。

他真的喜歡摸鼻子，他真的是。

「是的，我真的就是那個楚留香。」他說：「我相信楚留香好像只有我一個。」

那位老太太忽然也笑了笑：「像他這種人如果太多，就不好玩了。」

那個眼冷如刀的獨臂人居然也插口：

「這個世界上如果沒有像他這樣的人，也不好玩了。」

那個臉上有兩個洞的人，居然只笑笑，居然沒有開口。

——這實在是件奇怪的事，如果你知道他是誰，你才會知道這件事有多麼奇怪。

這個藍衫人當然就是「那個」楚留香了，可是那個楚留香不是已經死了麼？

在傳說中，楚留香好像也不是這麼樣一個人。

傳說中的楚留香，好像要比較年輕一點，比較活潑一點，這個楚留香好像太成熟了一點，也好像太穩重了一點。

所以蘇蘇忍不住又問：「天下人都知道楚留香已經死了，如果你是楚留香，你怎麼還沒有死？」

「我本來是要死的，而且已經決定要死了。」這個藍衫人說：「只可惜我暫時還死不了。」

「爲什麼？」蘇蘇問。

「因爲你。」藍衫人看著她，輕輕嘆息：「最少有一部份原因是因爲你，所以我才死不了。」

「因爲我？」

蘇蘇的樣子看起來好像很驚訝，又好像有一點兒故作驚訝。

「你死不了是因爲我？」她問楚留香：「還是你因爲我而不想死了？」

這個小女孩，居然好像有一點是想要調戲楚留香的意思。

——這種方法常常是女孩子掩飾自己錯誤的最好方法之一。

幸好楚留香被這樣的女孩用這種方法調戲已經不知道有多少次了，如果楚留香不能應付這一類的事，那麼楚留香到現在最少已經死過一萬八千次。而且都是死在女孩的懷裡。

老太太在笑了，那個臉上有兩個洞的人也在笑了，甚至連那個眼有殺機的人眼中都在笑了。

他們笑，只因爲他們都認爲這麼樣一個小女孩居然也要用這種方法對付楚留香，真是一件很好笑的事。真是好笑極了。

——到了這一刻，甚至連蘇蘇自己都覺得自己很可笑。

楚留香用一種很溫和的眼光望著她，眼中也有笑意。

——就算他明知她是個要傷害他的人，他的眼中一樣有笑意，因爲他對這個世界上的人和事已經看得太多了。

一個人要傷害另一個人，也許並不是他們自己的錯，而是一種「無可奈何」。

——無可奈何，多麼辛酸，多麼慘痛，多麼不幸。

楚留香只告訴這個自以爲已經聰明得可以騙過楚留香的女孩：

「我知道有一個人，一個非常神秘，非常有力量的人，組織了一個非常可怕的組織。」他說：「這個組織唯一的目的，就是要查證我是不是已經死了。」

他又在摸他那個有名的鼻子：「這件事當然是很不容易做到的。」他笑：「我的行蹤在我十二三歲的時候就難查得到。」

那個臉上有兩個洞的人忽然插口：「這一點我可以證明。」

這個人究竟是誰？爲什麼可以說這種話，他怎麼會知道楚留香少年時的事？而且可以證明？

在這個世界上，可以說這種話的也許只有一個人——

胡鐵花。

可是這個臉上有兩個洞的人，當然不會是胡鐵花。

——這個人如此華貴，如此沉靜，怎麼會是那個胡鐵花？

蘇蘇實在忍不住了。

她知道楚留香有許多秘密要告訴她，可是在這一瞬間，她實在忍不住要問：「這個人是誰？」

楚留香笑道：「這個人是誰，其實你應該知道的，可是你又不敢相信。」

他說：「非但你不敢相信，天下江湖，恐怕也沒有人敢相信。」楚留香說：「我可以保證，天下江湖，誰也不會相信這個人就是胡鐵花，更沒有人會相信胡鐵花會變成這麼樣一個人。」

蘇蘇怔住，怔怔的看著眼前這個人。

——如此沉靜，如此華貴，如此消瘦，而且居然還如此安靜。

這個人和傳說中那個胡鐵花好像是完全不一樣的，傳說中的胡鐵花，好像只不過是一隻醉貓而已。

可是胡鐵花如果真的只不過是一隻醉貓，他就不是胡鐵花，也不會是楚留香最好的朋友。

——這一點大家一定要明白的。

胡鐵花不但是楚留香最好的朋友，也是最老的朋友。

他喜歡找楚留香拚酒，喜歡學楚留香摸鼻子，只因爲他喜歡楚留香，並不是因爲他呆。

他喜歡的女人，都不喜歡他，喜歡他的女人，他都不喜歡，也不是因爲他呆。

呆，只不過是他故意製造出的一種姿態，一種形態而已。

——別人都不提防他，只提防楚留香，你說這種形態對楚留香多麼有益？這麼可愛的朋友，你到哪裡去找？

蘇蘇又快要暈倒了。

她看著這個臉上有兩個洞的人，用一種快要沒有聲音的聲音問：「你真的就是那個胡鐵花？」

「好像是的。」這人的笑容居然也很溫和：「胡鐵花好像也只有一個。」

「你……」蘇蘇問：「你怎麼會變成這樣子的？」

「我變成了什麼樣子？」他反問：「我現在的樣子有什麼奇怪？」

蘇蘇又看著他怔了半天。

「別的事我不知道，只有一件事我一定要問。」

「什麼事？」

「江湖中人都知道，胡鐵花是個天生的窮鬼，可是現在你卻好像有錢得要命。」

胡鐵花笑了。

在他開始笑的時候，是個沉靜而華貴的人，但是在一剎那間忽然起了一種無法形容的改變。

這種改變甚至是無法形容的。

「老婆要偷人，天要下雨，人要發財，都是沒法子的事。」

這句話說出來，已經是胡鐵花的口氣了。

「我本來是打死都不想發財的，」這個臉上有兩個洞的人說：「可是那時候每個人都說楚留香已經死了，說得連我都不能不相信。」

他說：「如果這個老臭蟲真的死了，我怎麼能不發財？」

「老臭蟲？」蘇蘇問：「難道你說楚香帥是個老臭蟲？」

——這一點蘇蘇當然是不明白的，別人都稱「香帥」，胡鐵花卻偏偏要叫「老臭蟲」，因爲他們之間的感情是和任何人都不一樣的，有時候甚至比真正的兄弟更親密，這個外號由來已久。

「他不是老臭蟲誰是老臭蟲？」胡鐵花說：「只不過除了我之外，叫他老臭蟲的人好像並沒有幾個。」

楚留香又開始在摸鼻子了，老太太又在笑，蘇蘇已經知道這個人就是胡鐵花。

所以她更要問：「老臭蟲如果死了，你爲什麼一定要發財？」

「因爲老臭蟲死了，我就要花錢，而且非花錢不可。」

「爲什麼？」

「因爲報仇是件非常花錢的事。」胡鐵花說：「替別人報仇，也許只不過只要拚命就行了，可是要替楚留香報仇，就一定要花錢了。」

他一定要解釋：

「你想想，這個老臭蟲是個什麼樣的人？要什麼樣的人才能殺死他？要用什麼法子才能殺死他？這其中要動員多少人？要有一個多精密的計劃？」胡鐵花說：「最重要的一點是，殺了楚留香這麼樣一個人之後，要用多大的力量才能隱藏住這個秘密？」

在這種情況下，無論誰都應該可以想像得到，致楚留香於死地的人，絕不是一個人，而是一個極龐大精密的組織。

「我不但不是別人想像中那麼樣的一個醉貓，而且比別人想像中要聰明十七八倍。」胡鐵花道：「這一點我當然知道。」

——這一點大家都承認。

「要對付這樣一個龐大的組織，當然絕不是一個人的力量所能做得到的。」胡鐵花說：「就連我這樣的天才，也做不到的。」

大家都笑了。

這個安詳沉靜，臉上已經有兩個洞的胡鐵花，還一樣是胡鐵花，說起話來，還是改不了以前那種腔調。

——他是改不了？還是故意不改呢？

「要對付這麼樣一個組織，最少要有三個條件。」胡鐵花說：「第一，是要有朋友，第二，是要有錢，第三，還是要有錢。」

他說：「朋友我一向是有的，而且都是好朋友，可是錢呢？」

「所以你就一定要去賺錢？」

「是的。」

「看樣子，你好像也真的賺到了不少錢。」

「豈止不少，而且很多。」

「你想賺錢的時候，就能賺到很多錢？」

「看情況好像就是這樣子的。」

「賺錢真是這麼容易的事？」

胡鐵花說：「賺錢當然不容易，如果有人說賺錢容易，那個人一定是烏龜。」他說：「可是像我這樣的天才，情況就不同了。」

情況當然是不同的。有的人賺錢如探囊取物，有的人賺錢如烏龜跑步，有時候賺錢就好像下雨一樣，你還沒有準備好，一個個大黃金元寶就從天上「嘩拉嘩拉」的掉了下來。

「我賺錢就是這樣子的。」胡鐵花說：「有時候我想少賺一點都不行。」

他嘆了口氣：「錢這種東西，就好像女人一樣，你追她的時候，她板起臉不理你，你要推她的時候，推也推不了。」

蘇蘇很想裝作聽不見，老太太卻笑著說：「這真是他的經驗之談，女人有時候真是這樣子的，只不過一定要等活到我這麼大年紀的時候才會承認。」

「這不是我的經驗之談。」胡鐵花趕快解釋：「這是老臭蟲告訴我的。」

蘇蘇忽然發現這些人都有一種別人永遠學不到的優點。

這些人都輕鬆得很，無論在任何情況下，不管情況多麼嚴重，他們都能夠找機會放鬆自己。

這也就是他們能活到現在的原因，而且活得比大多數人都好得多。

——這或許也就是胡鐵花能發財的原因。

那個獨臂人，一直安安靜靜地坐在那裡，世上好像已經沒有什麼事能讓他移動半分。

這個人是誰呢？

二　中原一點紅

一

十年前，江湖中曾經出現過一個人，一身黑衣，一口劍，一張慘白的人皮面具，露出面具外的一雙銳眼，看起來比他的劍更可怕。

但其實真正可怕的還是他的劍。

——一柄殺人的劍，隨時隨地都可以殺人於瞬息間。

更可怕的一點是——

這個人什麼人都殺，只要是人，他就殺。

最可怕的一點是——

只要是這個人要殺的人，就等於是個死人了。

曾經有人問過他。

「只要有人肯出高價，什麼人你都殺，甚至包括你最好的朋友在內，這是不是真的？」

「是。」

這個人說：「只可惜我沒有朋友可殺。」他說：「因爲我根本沒有朋友。」

有人看過他出手，形容他的劍法。

他揮劍的姿態非常奇特，自手肘以上的部位都好像沒有動，只是以手腕的力量把劍刺出來。

有很多劍術名家評論過他的劍法。

他的劍法並不能算是登峰造極，可是他出手的兇猛毒辣，卻沒有人能比得上。

還有一些評論是關於他這個人的。

這個人一生中最大的嗜好就是殺人，他生存的目的，也只是為了殺人。

「中原一點紅？」蘇蘇又忍不住叫了出來：「搜魂劍無影，中原一點紅。」她問：「這個人真的就是昔年那個號稱中原第一快劍，殺人不見血的一點紅？」

「是的。」胡鐵花說：「這個人就是。」

「他還沒有死？」

「好像還沒有，」胡鐵花說：「有種人好像很不容易死，想要他死的人能活著的反而不多。」

「他是不是也像楚香帥一樣，裝死裝了一段日子？」

「好像是的。」

「現在他爲什麼又活回來了呢？」蘇蘇問。

「當然是因爲我。」

「是你把他找出來的？」蘇蘇又問：「你找他出來幹什麼？」

胡鐵花微笑。

「若求殺人手，但尋一點紅。」胡鐵花說：「我找他出來，當然是爲了殺人的。」

他的態度忽然又變得很沉靜，一種只有歷經滄桑的人才能獲得的沉靜。

「人家要殺我們，我們也要殺他們，你說這是不是天公地道的事？」

蘇蘇看著這個人，這個殺人的人，忽然間，她就發覺這個人確實是和別人不同了。

因爲她已經感覺到這個人的殺氣

——這個世界上有一種人就好像是已經殺人無數的利刃一樣，本身就有一種殺氣存在。

蘇蘇甚至不敢再去看這個人。就算這個人一直都靜靜地坐在那裡，她也不敢去看。

她寧可去看胡鐵花臉上那兩個洞，也不知陷入了多少辛酸血淚的洞。

她問胡鐵花：「一點紅是什麼意思？他全身上下連一點紅的顏色都沒有，別人爲什麼要叫他一點紅？」

這個問題她本來不該問胡鐵花的，她本來應該問中原一點紅自己。

其實這個問題她根本不該問。江湖中每個人都應該知道別人爲什麼要叫他一點紅。

——劍光一閃，敵人已倒，咽喉天突穴上，沁出了一點鮮紅的血。

只有一點血。

——這個人的臉已扭曲，滿頭都是黃豆大的汗珠，雖然用盡力氣，也發不出一點聲音，只有野獸般的喘息。

一點紅，好厲害，連殺人都不肯多費半分力氣，只要刺中要害，恰好在把人殺死，那柄劍就再也不肯多刺入半分。

胡鐵花告訴蘇蘇。

「中原一點紅的名字就是這樣來的。」

一個像中原一點紅這樣的殺手，他的生命究竟是什麼樣子的？他的一生，要用一種什麼樣的方式才能度過？

蘇蘇忽然覺得有一種衝動，忽然想衝過去抱住這個人，和他一起滾入一種狂野的激情裡。

她忽然覺得她甚至可以為他死。

——這是不是因為她自己也是個殺人的人？

二

在女人心目中，壞人通常都比好人可愛得多。

這時候酒已經喝得差不多了。

說話的時候，當然是要喝酒的，聽別人說話的時候，當然也是要喝酒的。

——對某一些人來說，不喝酒也會死的。

蘇蘇忽然發覺自己也開始在喝酒了。

她喝的是一種很奇特的酒，酒的顏色就好像血的顏色，而且冰涼。

她沒有喝過這種酒，可是她知道這種酒是什麼酒。

江湖中每個人都知道楚香帥最喜歡喝的是一種用冰鎮過的波斯葡萄酒，用一種比水晶更透明的杯子盛來。

——這不是現在才開始流傳的，這是古風。

葡萄美酒夜光杯，欲飲琵琶馬上催。

醉臥沙場君莫笑，古來征戰幾人回。

蘇蘇居然也忽然覺得有一種說不出的悲戚——也是一種無可奈何的悲戚。

——生命本來就是無可奈何的，生不由己，死也不能由己。

下面是金老太太對這件事的意見。

「我也是楚留香的朋友，可是我從來不想爲他復仇。」她說：「這一點我和胡鐵花是完全不同的。因爲我根本不相信楚香帥會死。」

「她說她會看相。」胡鐵花說：「她看得出楚留香絕不是早死的相。」

「我說的看相，並不是迷信。」金老太太說：「而是我看過的人太多了。」

她解釋：「我相信每個人都有一種格局，也就是說，一種氣質，一種氣勢，一種性格，一種智慧，這是與生俱來的，也是後天培養出來的。」金老太太說：「一個高格局的人，就算運氣再壞，也要比一個低格局的人運氣最好時好得多。」

她又解釋：「譬如說，一個挑肥的人運氣最好的時候，最多只不過能夠多挑幾次水肥而已。」

這不是很好的比喻，挑水肥的人有時候也會撿到金子的，只不過這種例子很少而已。

一個像金老太太這樣的人，說的當然都不會是情況很特殊的例子，因爲這一類的事對她來說根本已經毫無意義。

「除了我之外，我相信這個世界上一定還有另外一個人的想法和我一樣，」金老太太說：「這個人一定也不相信楚香帥會這麼容易就死的。」

「這個人就是謀刺楚留香那個組織的首腦？」

「是的。」

「他爲什麼不相信香帥已死？」

「因爲他一定是楚留香這一生中最大的一個仇敵。」金老太太說：「一個聰明人了解他的仇敵，一定要比了解他的朋友深刻得多，否則他就死定了。」

「爲什麼？」

金老太太舉杯淺啜，嘴角帶著種莫測的笑意，眼中卻帶著深思。

這是一個很複雜的問題，她一定要選擇一些很適當的字句來解釋。

——一個人了解他的仇敵，爲什麼一定要比了解他的朋友深刻？

金老太太的回答雖然很有道理，卻也充滿一種無可奈何的悲戚。

——一種對生命的悲戚和卑棄。

「因為一個人要害他的朋友是非常容易的，要害他的仇敵卻很不容易。」她說：「所以他一定要等到非常了解他的仇敵之後，才能傷害他。」

她又說：「一個最容易傷害到你的，通常都是最了解你的，這種人通常都是你最親近的朋友。」

——這種事多麼哀傷，多麼悲戚，可是你如果沒有朋友呢？

我記得我曾經問過或者是被問過這一個問題，答案是非常簡單的。

「沒有朋友，死了算了。」

「這個人是誰？」蘇蘇問：「我的意思是說，這個組織的首腦是誰？」

「沒有人知道他是誰！」金老太太說：「我們最多也只不過能替他取一個代號。」

——在他們的檔案作業中，這位神秘人物的代號就是：「蘭花」。

蘇蘇無疑又覺得很震驚，因爲她又開始在喝酒了，傾盡一杯之後才問：

「你們對這個人知道的有多少？」

「沒有多少。」金老太太說：「我們只知道他是個非常精密深沉的人，和楚香帥之間有一種無法解開的仇恨。」

她嘆了口氣：「在這種情況下，我們對這個人根本就可以算是一無所知。」

「但是你們卻叫他蘭花？」

「是的。」

「你們爲什麼叫他蘭花？」蘇蘇問得彷彿很急切：「這個人和蘭花有什麼關係？」

金老太太早已開始在喝酒了，現在又用一種非常優雅而且非常舒服的姿態喝了另一杯。

——這位老太太，年輕的時候一定是位美人，而且非常有教養。

令人吃驚的是，這位優雅知禮的老太太，居然沒有回答這個她平時一定會回答的問題。

——在一般情況下，拒絕回答別人的問題是件極不禮貌的事，除非問這個問題的這個人問得很無禮。

蘇蘇問的這個問題是任何人都會問的，金老太太卻只說：

「在這種情況下，我們可以確信，這位蘭花先生對楚香帥的了解，一定遠比我們深刻得多。」

「因為一個人對仇敵的了解，一定遠比對朋友的了解深刻得多。」

「是的，」金老太太的嘆息聲溫柔如遠山之春雲：「世上有很多事都是這樣子的，我們不但要了解，而且要忍受。」

她輕輕地告訴蘇蘇。

「尤其是女人，女人的了解和溫柔，對男人來說，有時遠比利劍更有效。」

蘇蘇忽然覺得很感動。

這本來是一個老祖母茶餘飯後對一個小孫女說的話，現在這位老太太對她說的就是這種話。

——一個身世飄零的孤女，聽到這種話時心裡是什麼感覺？

金老太太又說：「一個人如果真的能對楚香帥了解得非常深刻，他就絕不會相信楚香帥會死得那麼容易。」

「就算江湖中人都確定楚香帥已經死了，他也不會相信。」

「是的。」金老太太說：「除非他親眼看見了香帥的屍體。」

江湖中至今還沒有人看見過香帥的屍體。

「所以他一定要證實香帥究竟是生是死，」金老太太說：「否則他活著睡不著，死也不甘心。」

「他要怎麼樣才能證實呢？」

「這一點我們也想了很久，我相信我們的智慧也不比他差多少，」金老太太說：「我們也擬定了一個計劃，來證實香帥的生死。」

她說：「我們確信，只有用這一種方法，才能證實香帥的生死。」

「哪一種方法？」

「這種方法雖然很複雜，可是只要用兩個字就能說明。」

「哪兩個字？」

「感情。」

——感情，在人類所有一切的行爲中，還有什麼比「感情」這兩個字更重要的？

感情有時候非常溫和的，有時卻比刀鋒更利，時時刻刻都會在無形無影間令人心如刀割。

只恨自己為什麼還沒有死。

三

「這個蘭花先生既然對香帥如此了解，當然知道香帥是非常重感情的人，就算他已經決定不問江湖的恩怨仇殺，可是他如果聽見有一個絕不能死的人陷入必死的危機，他一定會復出的。」金老太太說：「如果他沒有死，就一定會復出的，如果他還不出現，就可以斷定他已經死了。」

金老太太問蘇蘇：「要證明香帥的生死，這是不是最好的法子？」

蘇蘇只有承認：「是。」

金老太太嘆了口氣：「我相信你一定已經知道這個人是誰了。」

蘇蘇也不能不承認：「是。」

胡鐵花搶著說：「三個人是不是要比一個人更保險得多？」

「是。」

「所以他們就找來了三個人，三個在老臭蟲心目中都是絕不能死的人。」胡鐵花看著蘇蘇：「這三個人其中就有一個是你。」

蘇蘇不說話了。

金老太太又嘆了口氣：「所以香帥剛剛才會說，他還沒有死，其中有一部分原因是你。」

蘇蘇又仰盡一杯。

誰也不知道她現在心裡是什麼感覺，可是每個人都知道她也是個人，多少總有一點人性在。

——人在江湖，身不由己，情仇難卻，恩怨無盡。

如果你厭倦了這種生活，唯「死」而已。

只可惜有些人連死都死不了。

——江湖人的悲劇，難道真的都是他們自找的？

少女戀春，怨婦戀秋，可是那一種真正深入骨髓的無可奈何的悲哀，卻可惜只有一個真正的男人才能了解。

這一點是不是一件非常奇怪的事？

不是。

不受委屈，不許怨尤，不肯低頭，不吐心傷，絕不讓步。

這種人遭遇到無可奈何的事，豈非總是要比別人多一點？

——光榮和驕傲是要付出代價的。

「蘭花先生斷定，只要你們三個人有了必死的危機，香帥就會復活。」金老太太說：「可是香帥如果已退隱，怎麼會知道這個消息？」

她自己回答：「他當然一定先要把這件事造成一件轟動天下的大事。」

「他當然也知道像老臭蟲這樣子，就算已經退隱了，耳朵還是比兔子還靈。」

——這一點與這一次「飛蛾行動」的計劃完全符合。

「第二，要完成這個計劃，一定還要讓香帥相信你們已經必死無疑；除了他之外，天下已經沒有別的人能夠救得了你們。」

「這一點是很難做到的。」胡鐵花說：「老臭蟲一向比鬼還精。」

「所以這位蘭花先生一定要先把慕容身邊的主力消滅，先置他於必敗之地。」

——生死之戰，敗就是死。

「我們很早以前就已想到，這次計劃中最大的阻力就是柳明秋柳先生。」金老太太說：

「柳先生不死，慕容無死理。」

「所以他非死不可。」

「只不過天下江湖中人都知道，想要把柳先生置之於死地，並不比對付香帥容易。」金老太太說：「所以我們相信他必有奇兵。」

「這一支奇兵是什麼人呢？什麼人能夠殺柳先生於瞬息？」

——要殺他，就要在瞬息間殺死，因爲殺他的機會，一定只不過是一瞬間的事，稍縱即逝，永不再來。

——這種人雖然不多，可是這個世界上的確有這種人存在。

「我們都想不出這個人是誰，所以我們也擬定了一個計劃。」

他們這個計劃只有一個字。

——等。

——長久的戰爭，不但要考驗勇氣和智慧，還要考驗耐力，後者甚至更重要。

這個教訓是我們不可不牢記在心的。

「所以我們就選擇了這個地方，就在這裡等。」金老太太微笑：「現在我才知道，我們這些人真是一群老狐狸。」

她笑得眼睛都好像不見了，因爲他們終於等到他們要看見的事。

他們終於看見了這支奇兵。

金老太太用一雙已經瞇成兩條線的笑眼看著蘇蘇。

「直到那時候爲止，我們才徹底了解蘭花先生這個計劃。」她說：「他利用你們三個人作餌，來釣香帥這條大魚。因爲他算定香帥只要不死，就一定會去救你們，就算明知你們都是想要他命的人，他也一樣會去救你們的。」

胡鐵花嘆了口氣：「老臭蟲這麼樣一個聰明的人，有時候卻偏偏喜歡做些呆事。」

「這個計劃中最重要的一點，當然就是要用什麼方法，才能讓楚留香死？」只要他一出現，就必死。

一擊必中，中則必死，因為第二次機會是絕不會有的。

「這一擊當然要經過千籌百算，絕不能有一點錯失。」

「可是不論怎麼算，這個世界上大概還沒有人敢說能在一擊之下，將楚留香搏殺於當地。」

「除非出手的人是香帥絕對不會提防的。」金老太太說：「在這一方面，慕容和袖袖當然是最好的人選了。」

她說：「香帥去救他們，他們殺了香帥，就是告訴別人，也沒人相信，大家只知道楚留香早已死了，在這一戰的一年之前就已死了。」

蘇蘇完全被震驚。

這個本來好像無懈可擊的計劃，到了這些人手裡，竟似變得不堪一擊。

她簡直無法相信這是事實。

過了很久，她才能開口。

「你們既然已經識破了這個計劃，為什麼不直接揭穿它？」

「我們不敢輕舉妄動。」

「為什麼？」

「因為你們，你，慕容，和袖袖。」

「我不懂。」

「計劃如果被揭穿，你們三個也就沒有利用的價值了，蘭花隨時都可能殺了你們洩憤。」

金老太太說：「所以香帥堅持我們不管有任何行動，都要先考慮你們的安全。」她說：

「無論在任何情況下，都不能讓你們死在別人手裡，就算明知你們是釣餌也一樣。」

蘇蘇抬起頭，就看見了那個沉靜的藍衫人，無論誰看見這個人，都無法不去想他那多姿多彩的一生。

——他的朋友，他的情侶，他的仇敵，他的冒險，他的風流多情，他的艱辛百戰。每一樣都是不平凡的。

這個人究竟是怎麼樣的一個人？他的生命為什麼比這個世界上古往今來的大多數人都豐富得多？

老天為什麼要特別眷顧他？

想到了這個人的一生，再想想那些生來就好像應該遭受到一些不幸的人，再想想慕容，再想想自己，蘇蘇忽然覺得非常生氣。

——這麼樣一個幸運兒，居然還要裝死。

蘇蘇忽然大聲說：「不管怎麼樣，你們這件事還是做錯了。」

「哪件事做錯了？」

「你們不該讓柳先生死的。」蘇蘇說：「他也是人，也是你們的朋友，你們既然知道他是犧牲的目標，爲什麼還要讓他死在我手裡？」

她恨恨的說：「我相信你們也不能不承認，如果你們想救他，一定有機會，可是你們連試都沒有試。」

金老太太卻悠然而笑。

「你真是個奇怪的女孩子。」她說：「你自己殺了他，反而來怨我們。」

「我只問你，我說的有沒有理？」

「有理，當然有理。」金老太太說：「只不過我也有幾句話要問你。」

「你問。」

「柳先生爲什麼一定要選中你陪他去突襲？爲什麼要把你先帶到這裡來？爲什麼還要先爲你製造一些讓他自己心亂的機會？」

蘇蘇再次被震驚。

——難道連這件事也是個圈套？難道柳明秋也是他們計劃中的一份子？

難道柳明秋的死也只不過是裝死而已？

蘇蘇怔住。

她吃驚的看著他們——這些人究竟是一些什麼樣的人？這個世界上難道就沒有人能欺騙他們，擊敗他們？

金老太太彷彿已看出她心裡在想什麼，這位老太太的一雙慈祥笑眼好像總是能看出一些別人看不見的事。

「我剛才好像已經說過，連我自己都開始對我們這些人覺得有點不滿意了。」

「為什麼？」胡鐵花問。

「因為我們實在太精。」金老太太嘆著氣說：「有時候我甚至希望能被別人騙上一兩次！」

胡鐵花笑了！

如果這個世界上有一個人能騙過這位老太太，這個人會是個什麼樣的人？

——一定是個不是人的人，一定比狐狸還靈，比鬼還精。

胡鐵花不但笑，而且大笑。

金老太太也陪他笑，事實上，這位老太太好像時時刻刻都在笑。

那個沉靜的藍衫人又在摸他的鼻子，連鼻子上都彷彿有了笑意。

連中原一點紅眼中都有了笑意。

可是蘇蘇笑不出。

這些人的笑容這麼可愛這麼親切，可是他們的人都是如此可怕。

如此尖銳如此精明如此神勇如此可怕。

尤其是他們集合在一起的時候。

——中原一點紅的凌厲和冷酷，金老太太的經驗和睿智，胡鐵花的大智若愚，大肚包容，再加上楚留香。

這是一股什麼樣的力量？如果用這種力量去對付一個人，誰能不敗？

也許只有「蘭花」是例外。

因為直到目前為止，還沒有人知道「蘭花」是誰？連蘇蘇都不知道。

「可惜我們這些老狐狸還是有辦不到的事。」金老太太說：「直到現在為止，我們對這位蘭花先生還是一無所知，甚至連他是男是女都不知道。」

——姓名、年紀、性別、身分、家世、武功，完全都不知道。

四

在戰場上爭勝，須得知己知彼，方能百戰百勝，但是他們這一群人卻在一無所知的情況之下迎敵，若不是自尋死路，便是自恃甚高。

自恃甚高，其實便是自尋死路，他們會是這樣的一群人嗎？

不！絕對不會。他們不是自負，而是對自己有著絕對的信心。

金老太太瞇著笑眼說：「我們只知道一點。」她說：「我們一定會把他找出來的，不管他是個什麼樣的人，我們都會把他找出來。」

「現在呢？」蘇蘇忍不住問：「現在你們準備怎麼做？」

楚留香慢慢地走過來。

「現在我唯一要去做的事，還是那件事。」他說：「去救慕容和袖袖。」

「在這種情況下，你還是要去救他們？」

「是的。」

楚留香的原則是永遠不會改變的。

蘇蘇相信。

她相信他們要做的事一定能做到，可是她想不出他們會去怎麼做？

慕容和袖袖的存亡，關係到似乎已經不是一條人命的生死，而是一種道義，一種死生相許的允諾。

蘇蘇看著楚留香堅毅的臉色，她心裡所能想到的一句話是：

楚留香畢竟是楚留香。

楚留香的原則當然是不會變的，任何的艱難險厄都不能阻止他心中的意念。即使是赴湯蹈火，只要他決定走一遭，他的腳步就不會有半點遲疑。

何況現在，一切的情況，似乎都已經沒有隱瞞，一切都在這一群人的掌握之中，他們可以從容的克敵致勝。

中原一點紅、胡鐵花、金老太太，加上機智、勇力、權謀都是一等一的楚留香，他們可以發揮每個人的所長，來完成救援的任務。

等待，不止是他們的對策而已，更是他們的計劃。等待，不僅使他們看清了釣餌，更重要的是，他們也許利用了這次等待，做了一項嚴密的佈署。

蘇蘇忽然有了一個古怪的想法：

楚留香和這一群人，也許不止是要救慕容和袖袖，他們可能打算「偷」。

從死神手中，把這兩條人命偷回來。

她雖然不知道他們會如何下手，但是她似乎很確定的相信，他們不會是硬拚強奪，而是把這種搏鬥當作一種「藝術」來處理。

蘇蘇淺酌了一口酒，她的內心極度感到震撼；身在江湖，她雖然早已聽說了楚留香的忠膽俠行，但是那些傳聞、故事卻都與她無關。

這一次卻不然。

這一次的決定，楚留香和他的朋友們所要搭救的人，不但與她有關，而且她幾乎還可以算是其中的主角人物之一。雖然她很清楚，蘭花先生安排的這項行動，只是想求證出一個結果，他們三個人都只是在這個求證過程的一個釣餌，是一個駭人的陰謀中，小小的休止符而已；但她是決計不會反悔的，她甚至因爲自己得以扮演這個被人關注的角色，而感到心中有份小小的滿足。

如果說，她的內心中有什麼惱恨的話，那必然是因爲她雖然在整個事件中扮演了一個角色，卻始終不知道這幕戲是怎麼演的，它的結局又是如何？

「你們說說看，柳明秋的死，是不是另一種僞裝？爲了某種目的而設下的圈套？」蘇蘇顯然因爲無法明瞭全盤的狀況而感到忿懣。

「誰也不能回答你的問題。」金老太太說：「因爲柳明秋已經死了，而死人是不會說話的。」

當然，死人是不會說話的，這個答覆，等於是未作任何答覆。柳明秋的死，即使有任何的陰謀，都不會在此時就被揭穿，因爲一場鬥智的搏戰才剛剛開始，雙方箭拔弩張，卻各自懷了許多秘密，許多令人無法猜透的秘密。

這些底牌，有時候就是真正的殺手鐗，等到最後真相大白的時候，也就是決定勝負、生死的時候。

第五部

後人

老者很鄭重的將一個純金的鳳凰交給這個少年，而且告訴他：「成功絕沒有僥倖，楚留香絕不是個普通人，只不過……」

一 論戰・飛戰

一

後人的意思，當然不是說在你後面的人——後人的意思，在一般的情況下，通常只有兩種。

——如果你說一個人是楚留香的後人，那麼這個人如果不是楚留香的兒子，一定就是他的孫子、曾孫、玄孫、重孫、重重孫，乃至十七八九代金孫。

我們現在要說的後人，不是這一種。

我們現在要說的後人，只不過是生活在楚留香那一個時代很多年之後的人。

兩個人。

這兩個人，就是我們在前面已經說過的兩個人，一個有智慧也有經驗的老者，一個求知慾非常豐富的少年。

老者清癯，少年真漂亮真好看。

二

一間古厝，一張大榻，一件短几，一壺茶，一罈酒，兩個青絲竹編成的枕頭，以及兩個人。

這兩個人，當然就是我們剛剛說過的那兩個人。老者喝茶，少年飲酒。

這個少年居然也像楚留香一樣，喝酒如喝茶。

這個少年是誰？

少年問老者。

「我知道那一戰被後世稱爲『飛戰』，因爲那一次行動是『飛蛾行動』，其他有關第一戰的人，都有鷹之眼，鵬之翼，燕之捷，箭之確。」他說：「鷹、鵬、燕、箭，都飛，所以這一戰當然是飛戰。」

飛戰？非戰？

老者微笑。

「也許你知道的還不夠多。」他對少年說：「對那一戰，有兩種說法。」

「哪兩種？」

「飛翔的飛是飛，並非如此的非也是非。」老者說：「那一戰是飛戰還是非戰，至今還沒有人能下一個定論。」

「非戰？」少年驚詫：「非戰的意思，難道說那一戰不是戰？」

「是的。」

「非戰」的意思，當然就是「不是戰」。

「那一戰驚天動天，天下皆知，怎麼能說它不是戰？」少年問。

「戰的意思，是針鋒相對，互爭勝負。」老者說：「可是那一戰，根本就沒有勝負可爭。」

「爲什麼？」

「因爲那一戰還沒有開始時，就已經有一方敗了。」

「敗的那一方當然不是香帥？」

「當然不是。」老者又笑：「你一定要記住一點，有些人是永遠都不會敗的，生也不敗，死也不敗。」

楚留香當然是這種人。

老者又告訴少年。

「在蘭花先生的計劃中，楚留香本來已經是個死定的人，出現也死，不出現也死。」

「我也知道是這樣子的。」

「可是他錯了。」

「哦？」

「這個計劃是徹底失敗的。」

「爲什麼？」

「因爲在這次行動中，楚留香如果已經死了，這次行動就等於沒有行動。」老者說：「沒有行動而行動，是什麼呢？」

「是豬。」少年說：「一條失敗的豬。」

老者笑。

「你說得好極了。」他大笑：「尤其是因爲今年是豬年。」

老者臉上的笑容很快又改變成一種很嚴肅的態度。

「可是在這次行動中，楚留香如果沒有死，就必勝無疑。」

「爲什麼？」

「因爲一點小小的關鍵。」老者故作神秘，不讓少年問就搶先：「這一點非常非常小的小小關鍵，暫時我不會告訴你的。」

少年沒有反應，只問：「那麼香帥有沒有救出那兩個人呢？」

「當然救出來了。」老者說：「只不過，有沒有救出那兩個人並不是這次事件裡最重要的關鍵。」

「那麼，最重要的關鍵在什麼地方呢？」

「在一個人。」

「蘭花先生？」少年問：「是不是蘭花先生？」

「當然是的。」

這一點才是最重要的關鍵。

要救慕容和袖袖，並不是件困難的事，困難的是，救出他們之後，要用什麼法子才能找出蘭花先生的真面目。

這次飛蛾行動如果失敗，蘭花先生很可能立刻就和這個組織完全脫離關係。

「不僅很可能，而且幾乎是必然的事。」老者說：「如果他和這次事件這個組織完全脫離了關係，那麼，這個人就要從此從這個世界上消失了，就好像從未存在過一樣。」

但是他的確存在過，而且做出了很多很可怕的事。

「所以我們一定不能讓他從此消失，一定要把他的根挖出來。」

「是的。」老者說：「你說的話通常都非常有道理。」

他看著少年微笑：「現在的問題只不過是要用什麼法子才能挖出他的根呢？」

少年沉默。

他不能回答，因為這根本是件無法回答的事。

老者說：「蘭花先生處心積慮，掩飾自己的行蹤，為的就是要保護自己，就算他這個萬無一失的計劃失敗了，他自己也可以全身而退。」

「看來他無疑是個十分謹慎小心的人。」

「一定是的。」老者對少年說：「天下梟雄人物，大都是這種人。」

「只不過，他還是有弱點的。」

「哦？」

「有弱點的人，就難免會造成錯誤，就算不是致命的錯誤，至少也是一條線索。」少年說：「有了線索，就可以把他找出來。」

「有理。」老者說：「只可惜我還不知道他的弱點在哪裡。」

「**就在午夜，就在蘭花。**」

「就在午夜，就在蘭花。」

老者嘆息：「你說得好，只可惜我還是不懂。」

「午夜的意思，就是子時左右。」

「這一點我懂。」老者又笑：「蘭花的意思我當然也懂。這都是很容易懂的，我只不過不懂，你為什麼要說它們是那個神秘人物的弱點？」

他的聲音中雖然帶著一點長者對晚輩的仁慈的責備和譏誚，少年卻不在意。

哪個少年在長者面前沒有說錯話做錯事，除非他根本不說話不做事。

——在長者面前永遠不說話不做事的人，是種什麼人？

——如果他不是個絕頂聰明的僞君子，就是個白癡、呆子。

「江湖傳言，都說這個人只有在月圓夜的午夜時才出現，出現時總是帶著一種蘭花的香氣。」

他說：「就好像香帥出現時總是帶著一種鬱金香的香氣一樣。」

「是的。」老者說：「江湖傳言，的確如此，這種蘭花的香氣，最近幾乎已經和香帥的鬱金香的香氣同樣聞名了。」

「所以這就是他的弱點。」

少年說：「名氣有時，就像是包袱，名氣愈大，包袱愈重。」他說：「最可怕的是，這個包袱裡什麼都有。」

——有聲譽，有財富，有地位，有朋友，有聲色，有醇酒，可是也有負擔，橫逆，中傷，挑撥，暗算，殺戮。

所以這種人通常都最能明白一句話：

人在江湖，身不由己。

這一點，老者當然也懂。

他這一生中，也不知道做過多少件並非他自己情願做的事，可是他並無怨尤。

因爲他知道——

一個人的一生中，一定要勉強自己作幾件不願做的事，他的生命才有意義。

這也就是「有所不爲，有所必爲」的意思。

——在寒冷的冬天，誰願意跳下海去，可是你如果看見有人快要在海水中淹死，你能不能不跳下去救他？

三

少年又繼續說：「江湖中大多數人都知道，這位蘭花先生平時是個非常斯文溫柔的人，可是一到了月圓夜的午夜，他就變了，變成了另外一個人。」

這一點老者也知道。

——在月圓夜的午夜，有很多人都會發狂的，有的會動春心，有的會犯暴行，有的會殺人。

「而且江湖中人也知道，這位蘭花先生出現的時候，就好像楚留香一樣。」

——他爲什麼會和楚留香一樣？

「因爲香帥出現的時候，總是會帶著一種淡淡的香氣。」少年說：「這位蘭花先生也一樣，不管他在什麼時候什麼地方出現，都會帶著一種蘭花的香氣。」

老者笑了。

「蘭花是王者之香，難道他是王者？」

「至少他自己認爲是的。」

「我想你當然應該知道楚留香這個名字的來歷。」

「我當然知道。」

事實上，這一點是每個人都知道的，香帥之所以爲香帥，只因爲他每次出現時，總是帶著一種浪漫而清雅的香氣，一種非常接近鬱金香的香氣。

老人說：「可是我相信你一定不知道爲什麼他每次出現時都要帶一點香氣。」

少年承認他不知道。

一個大男人，一個像楚留香這樣的男人，怎麼會把自己身上弄得香香的？這是不是一件奇怪的事？

少年忍不住問：「他爲什麼要這樣做呢？」

「因爲他是一個非常自愛的人，而且有潔癖。」老者說：「他絕不會讓別人對他留下一點壞印象。」

「這是一定的。」少年說。

一個人一定要先尊敬自己，別人才會尊敬他。

「香帥平生最痛恨的一件事，就是別人身上有臭氣。」

「這種人誰不討厭？」

「所以香帥生怕自己身上有讓別人討厭的氣味。」老者說：「他怕這種事，因爲他自己不知道自己身上是不是有怪味。」

少年並沒有問他爲什麼，因爲楚留香的鼻子有毛病，已經天下皆知。

「他嗅不出他的身上是不是有味道，他怕別人討厭他的味道，所以他就從一個很遙遠的國度，捎來一種帶著鬱金香氣的香精。」

少年忽然嘆道，老者對他說：「這是一個很傳奇的故事，它說明一個人對自己生命的熱愛與珍惜。」

「我明白。」

「這一類的故事，通常只會讓人激動振奮，你爲什麼要嘆息？」

「因爲香帥。」

「哦！」

「他在活著的時候，就已經是個傳奇人物，不但天下皆知，而且名留至今。」少年說：

「我至今才知道這是怎麼造成的。」

二 蘭花傳奇

一

一個傳奇是怎麼造成的？一個英雄是怎麼造成的？多少艱辛？多少血淚？多少忍受？多少自制？

——雖然血戰也許是大家都明白的，可是忍受和自制恐怕就比較難以了解了。

現在我們又回到最重要的一點。

蘭花先生出現時，爲什麼也要帶著一種讓人注意的香氣？

以他的性格，以他的爲人，以他要做的事，他本來是應該儘量避免受人注意的。

「這就是他的弱點。」少年說：「也就是我們的線索。」

——一定要在月圓時才會出現。

這已經替別人把尋找他的範圍縮小了，蘭花的香氣，更是一種非常特殊而明顯的目標。

所以少年才會說得那麼肯定。

——這是他的弱點，也就是我們的線索。

因爲這個道理就好像一加一等於二那麼簡單，也應該像一加一等於二那麼正確。

只不過一加一是不是絕對等於二呢？

長者忽然笑了笑。

「一個人的弱點，有時候往往就是他的長處，一條很明顯的線索，有時候反而可以讓你迷路。」他告訴少年：「這個世界上好像還沒有『絕對』的事，絕對正確和絕對錯誤都是不太可能存在的。」

長者說：「一件事的正確與否，只在你從哪一個角度去看而已。」

這些話中彷彿含有很深的哲理，少年雖然不服，但是也不敢反辯。

長者當然看得出他的心意，所以先說：「你一定認爲這兩點都是很明顯的線索，但是我卻好像不同意。」他問少年：「你是不是覺得奇怪？」

「是的！」少年說：「我的確想不通其中的道理。」

「這個道理其實也很簡單。」長者說：「我不認爲這兩點是線索，只因爲這條線索太明顯了。」

他告訴這個少年。

「太明顯的線索，往往都是個陷阱。」

少年還是不太了解：「爲什麼？」他問。

長者說話時的態度很嚴肅：「因爲像蘭花先生這樣的高手，是絕不會把一條這麼明顯的線索放在你面前的。除非他想誘你走上歧途，或者是他已經瘋了。」

蘭花先生當然不會瘋的。

「所以午夜和蘭花都可能是一種煙幕，讓你產生錯覺，讓你走上歧途，掉下陷阱。」

長者又向少年解釋。

「譬如說，你認爲他只有在月圓時的午夜出現，其他的那些夜晚他在做什麼事呢？難道是在栽花、下棋、彈琴？難道是在洗碗、掃地、挑糞？」

少年怔住。

他從未想到過這個問題，可是現在他想到了。

——在其他的那些夜晚，這位蘭花先生做的事，也許比他在月圓夜做的事更可惡更可怕。

長者眼中帶著深思。

「他故意讓你認爲他只有在月圓夜才會出現，故意讓你認爲他只有在這個特定的時候才會犯罪殺人，別的時候他去犯罪殺人時，你就不會注意了。」

他問少年：「你能說這是他的弱點？」

少年承認：「我想錯了。」

長者又問：「蘭花的香氣又能算是一條什麼樣的線索呢？」他說：「蘭花的香氣，並不是固定在某一個人身上的，也沒有誰規定只有某一個人身上才能帶著蘭花的香氣。」

少年承認。

無論你把從蘭花中提煉出的香氣精華灑在誰身上，那個人身上就會有蘭花的香氣，甚至你把它灑在一條豬身上，那條豬也會有蘭花的香氣。

——如果身上帶著蘭花香氣的就是蘭花先生，那麼一條豬也可能是蘭花先生了。

少年苦笑。

這一點他也從未想到過，現在他顯然也想到了，他只覺得自己常常笨得就像是一條豬。

「如果連這兩點都不能算是線索，那麼等到那次飛蛾行動失敗，蘭花先生消失後，還有什麼人能夠找得到他？」

「至少還有一個人。」

「楚留香？」

「當然是他。」

老者笑：「當然是他，無論誰都可以想像得到，這個世界上如果還有一個人能夠找到這位神秘的蘭花先生，這個人一定就是楚留香。」

「一定是的。」少年承認。

「可是楚留香也只不過是一個人而已，在一種完全沒有線索的情況下，怎麼能找出一個幾乎好像完全不存在的人來？」

好玄的問題，誰能回答？

少年看著長者，忽然笑：「這個問題正是我想問你的，你怎麼反而問起我來了？」

老者也笑了，可是他的笑很快就結束，立刻就用一種非常嚴肅的聲音說：

「這是一種心態的問題。」

「心態？」

「心態的意思，就是一個人在處理一件事的時候，對這件事的想法和看法。」

長者解釋。

「同樣的一件事，如果由不同的人來處理，結果通常都是不一樣的，」長者說：「因爲這個世界上有各式各樣不同的人，就算在同樣的處境下，處理同樣的一件事，所用的方法都不會一樣。」

「是不是因爲他們的心態不同？」

「是的。」

——一個嬌生慣養的富家子，和一個艱辛奮鬥白手起家的人，在同樣情況下處理同樣一件事時，他們所用的手法會有多大的差異？

——一個愚人和一位智者在處理同樣一件事，又會有多大的差異？

這種差異幾乎是難以想像的。

「最重要的一點差異，也許還不是他們對這件事的想法和看法不同，而是他們自己心裡所受到這件事的影響有什麼分別。」

這又是一句很艱澀的話，可是少年居然懂。

「有些人在危難時會挺身而出，從容就義，有些人卻逃得比馬還快。」少年說：「有些人在失意時會狂歌縱酒，有些人會振臂再戰，有些人完全不在乎，有些人卻會去一頭撞死。」

「爲什麼呢？」

「因爲他們心裡的感覺不同。」少年問長者：「這是不是就是心態？」

「是的。」長者拊掌：「就是這樣子的。」

他說：「飛蛾行動雖然已投下這麼大的人力物力，如果徹底失敗了，別的人一定會張惶失措，又恐又怒，甚至會不惜作最後的孤注一擲。」

「大多人都會這樣子的。」少年說：「這個世界上，大多數人在徹底失敗時都會變成困獸。」

「有沒有例外？」

「有，當然有，而且有兩種。」少年說：「一種是智者，一種是梟雄。」

他說：「智者淡然，梟雄冷靜，智者無慾，梟雄無情，對得失之間的把握，都是有分寸的。」

「你錯了。」長者說：「能例外的人不是兩種，是三種。」

「還有一種人是什麼人？」

「是愚人。」

少年想了想立刻就懂了。

「是的，是愚人。」少年說：「因爲他們根本就沒有得意過，又怎麼會失意？」

「像他這樣的梟雄人物，縱然敗了，也不會敗得走入絕境。」長者說：「因爲他們無論做什麼事，都一定留有後路。」

蘭花先生當然不是愚人。

他又補充：「到了必要時，他們就會當機立斷，把自己和失敗的那件事之間的關係完全切斷，走到他預留的另外那條路上去，去做另外一件事，甚至會變成另外一個人。」

「那時候午夜也沒有了，蘭花也沒有了，他這個人也就從此消失。」

「是的。」

「所謂壯士斷腕，就是這意思。」

「是的。」長者說：「腕子已經爛了，還是死抱住不放，這種事他們是絕不會做的。」

「所以你認定，只要飛蛾行動一失敗，這位蘭花先生立刻就會消失無蹤？」

「不錯。」

「飛蛾行動已必敗無疑，香帥又怎麼能把他找出來呢？」

——這就是問題的癥結所在了。

長者微笑：「我剛才已經告訴過你，這是一種心態的問題。」

——問題又回到原處，少年還是不懂。

長者再解釋。

「凡是梟雄人物，如果敗了，一定敗得乾脆俐落，一定不會拖泥帶水，因爲他們知道自己一定還會有東山再起的機會。」

「這種人對自己當然有信心。」少年說：「這大概也就是他們的心態。」

「是的。」長者說：「只不過，這種人當然還是勝的時候比較多。」

「當然，常敗的人，怎麼能稱梟雄？」

長者忽問少年：「如果他們勝了呢？他們在勝的時候，會是什麼樣的心態？」

少年怔住。

他從未想到這一點，現在他才忽然發現，這一點才是問題的真正關鍵。

長者又對少年說：

「你認爲那次飛蛾行動一定會失敗的，因爲楚留香在那次行動中已經掌握了所有的先機。」長者問：「可是你有沒有想到，如果香帥根本不想勝，那次行動會造成什麼樣的結果？」

這個問題也是不必回答的。

甚至不必問。雙方爭勝，有一方根本不願勝，勝的當然是另一方。

應該問的是：「這一次行動是生死之爭，勝者生，負者死，所以不能不勝，香帥爲什麼不想勝？」

長者又否定了這個問題，他告訴少年：

「問題也不該這樣問的，因爲答案早已有了。」長者說：「你也應該想得到，如果香帥徹底毀滅了那次行動，徹底擊敗了蘭花先生，卻始終不知道他擊敗的這位蘭花先生是誰，那麼他這次勝利還有什麼意義？」

少年同意這一點。

「如果香帥這一生始終查不出這位蘭花先生是誰，我想他恐怕連覺都睡不著。」

「所以他在這次行動中，只許敗，不許勝。」長者說：「他簡直是非敗不可。」

「爲什麼？」

「因爲他一定要找出這位蘭花先生來。」長者說：「他一定要當面和這位蘭花先生一決勝負。」

少年嘆息：「那楚留香這次就錯了。」

「哦？」

「他應該知道，有一種人是再也不能和任何人爭勝負的了。」

「哪種人？死人？」

「是的，」少年說：「他應該知道，在那次行動中，不勝就是死。」

長者笑：「在這一方面，你的想法就和香帥不一樣了。」

「難道他認爲在那種情況下不勝，也仍可以不死？」少年問：「難道他認爲在那種情況下蘭花先生還會留下他的命？」

「是的。」

「他怎麼會這樣想？」

「只因爲一點。」長者說：「只因爲他非常了解蘭花先生的心態。」

長者問少年。

「你有沒有看過狡貓捕鼠？你有沒有看過蜘蛛捉蟲？」

少年看過。

他也知道貓捉鼠後，絕不會很快就把那隻老鼠吃掉的，因爲吃掉一隻老鼠，只不過滿足了牠的食慾而已，對牠來說，這一點滿足還不夠。

蜘蛛也一樣。

蜘蛛網住了一條蟲之後，也要先把這條蟲戲弄一番，然後再慢慢地一點一點吃下去。

因爲牠們認爲這是一種享受。牠們絕不會放棄這種享受。

——在蟲與鼠的境界裡，貓與蜘蛛無疑都是梟雄。

少年明白這一點，所以他問長者。

「香帥是不是認爲蘭花先生也和貓與蜘蛛一樣，在制伏他之後，絕不會先要他的命？」

「是的。」長者說：「他相信蘭花先生在他臨死之前，一定會先把他享受一下。」

「因爲他相信蘭花先生的心態一定就是這樣的。」

「是的。」

「他有把握能確定這一點？」

「他沒有。」長者說：「可是他一定要賭一賭，一定要冒一次這種險。」

少年不明白：「我真的不懂，香帥爲什麼會這樣做？」

「因爲他相信蘭花先生在這一次行動中如果勝了，就一定不會殺他。」

「爲什麼？」

長者解釋：「殺，是一定要殺的，就好像貓吃鼠，也是一定要吃的，如果他們不吃不殺，當然有他們一定的原因。」

「什麼原因？」

——回答也是一種一定的回答。

「因爲蘭花先生也像是貓與蜘蛛一樣，在某種情況中，也有某種特殊的心態。」

二

「然後呢？」

「不是然後，是結局。」

「我要問的就是結局。」

長者笑，長笑，笑不絕。

因為這件事的結局，一點都不可笑。

結局永遠都不會是可笑的。永遠不會。

無論多開心多歡愉多可笑的事，到了結局的時候，就不開心不可笑了。

——生命是開心的，多麼豐富，多麼熱鬧，就算有些人的生命中沒有那種豐富的歡樂，也會有一點淡淡地恬適的愉悅。

可是生命的結局是什麼呢？

是死。

無論什麼樣的人，他的生命的結局都是死。

什麼是死？

——如果你曾經仔細想過這個問題，你就會明白人生是一個多麼大的悲劇了，如果你明白這一點，你對很多事也許都會看得淡一點。

看得淡一點並不是消極，也不是放棄，而是一種讓你胸襟比較寬大一點的態度。

當然，在這個世界上，有很多故事都是以成功和快樂做爲結局的。

艱辛奮鬥者必獲成功，有情人終成眷屬。

只可惜這種結局並不是一種結局，而是一種暫停的符號。到了終結時，還是一樣的。

所以少年問長者這件事的結局時，長者就笑了，因爲他只有笑。

——這個問題問得是多麼愚蠢？多麼可笑？

「一個人如果要做一件事，最好就不要問它的結局。」長者說：「因爲所有的結局到了真正終結時，都是一樣的。」

他說：「所以我們要做一件事的時候，只該問這件事，是不是應該去做，是不是值得去做，在做這件事的時候，是不是能夠讓別人快樂，自己振奮？因爲生命只不過是一段過程而已。」

少年明白。

「一個人如果能夠明白這一點，他的生命就是快樂的了，他的這一生也可以算沒有白活的了。」

他說：「我相信楚留香一定是最明白這一點的人，所以他不管做什麼事情，總是全力以赴。」

——所以他的生命永遠比任何人活得都有意義。

可是這個世界上無論什麼事都還是要有結局的，有了開始，就要有結局，無論什麼事都不能例外。

因爲有了生命，就已經有了開始——有了開始，就一定有結局。

如果沒有開始呢？

沒有開始，就什麼都沒有，沒有生命，沒有悲歡，沒有人，也沒有結局。

——沒有結局是不是比較快樂呢？

不是。

沒有結局本身就是一種結局！

——也許這一點才是最悲哀的。

不管怎麼樣，這個世界總算已經形成了，已經有了生命，有了開始，有了人，有了悲歡離合。

「所以每件事都應該有結局的，這次飛蛾行動也不應該例外。」

「是的。」長者說：「這個世界上大多數都是沒有例外的。」

「那麼這件事爲什麼好像沒有結局呢？」

「它是有結局的，只不過你不知道而已。」長者說：「這個世界上恐怕只有極少數的人知道，這件事的結局是什麼樣的結局。」

「爲什麼？」

「因爲這是一個非常秘密的秘密。」

「什麼秘密？」

「不知道。」長者說：「除了那有限的幾個當事人之外，江湖中至今好像還沒有人知道。」

他又補充：

「江湖人每個人都知道這件事，這次行動，但卻沒有人知道它的結局。」

「所以它才會被列入武林中近百年來的四大疑案之一。」

「是的。」

「我記得你還告訴過我，這次事件幾乎已經可以和沈浪的那件疑案相提並論了。」

「是的。」

——沈浪的那件疑案，是早就在江湖中流傳已久的。

昔年的名俠沈浪，從少年時候就可以緝捕名兇名盜所得之花紅爲生，身經百戰，戰無不勝，其經歷之詭奇，絕不在楚留香之下。

他在正義莊遇朱七七，遭遇到他生平從來未有的激情，他在白雲山莊遇王憐花，遭遇到平生從來未有的詭譎，他在樓蘭古城中遇快活王，遭遇到平生從來未有的危惡兇殺。

他都活了下來。

——激烈的愛情有時比兇殺更能致人死命，可是他居然也活了下去。

然後他成名了。

他那個情緒非常不穩定的情人朱七七，已經穩定了下來，已經可以死心塌地的跟著他。

連他的仇敵都已變做他的朋友，因爲他已經徹底原諒了他們。

這時候他才三十多歲，正是可以大有作爲的時候。

可是他忽然失蹤。

他的情人，他的兄弟，他的朋友，也跟著他一起失蹤了。

江湖中至今還沒有一個人知道他們的下落。

這時候他已經天下無敵，已經連仇人都沒有了，根本不需要再躲避仇家的追殺。

他當然不會欠別人的債。

他也沒有情結、愁結。

像這樣一個人，本來應該在這個世界上活得開心之極。

可是他卻忽然從這個世界上徹底消失。沒有人知道他到哪裡去？也沒有人知道是爲了什麼？

——是不是因爲他太開心了？

沈浪這麼樣做，大家還可以想到他是爲了什麼。

——爲了他的盛名，爲了朱七七在江湖中得罪的人，爲了後來已成爲他朋友的王憐花的前罪，他都有理由退隱。

可是楚留香呢？

楚留香爲什麼要把這個故事的結局永遠埋藏地下？

沒有人能想得到他的理由。

三

少年沉默、沉思，良久，忽然跳了起來。

「我想出來了。」他高聲說：「我想出來了。」

「你想出了什麼？」

「我想出了香帥爲什麼不願意把這件事的結局公諸於天下。」

長者吃驚的看著他，似乎還不能相信這個年輕人能把這個秘密揭穿。

少年的臉已因興奮而發紅。

「這件事本來已經天下皆知，而且對香帥的名譽絲毫無損，他爲什麼要隱瞞呢？」

少年自己提出問題，自己回答。

「這只有一個理由可以解釋。」他說：「如果他把結局說出來，雖然不會傷害到他自己，卻會傷害到另外一個人。」

他說：「這個人，當然是一個他無論在任何情況下都不願去傷害的人。」

長者也沉默、也沉思，也過了很久才問少年：「你的意思是不是說，這個人就是蘭花先生？」

「是的。」

「楚留香不肯把那次事件的結局說出來，就因爲他不肯揭穿那位蘭花先生的真實身分？」

「是的。」

少年遲疑，立刻又說：「不是他不肯揭穿那位蘭花先生的身分，而是他不願讓世人知道這個人就是蘭花先生。」

這兩種說法聽來好像是一樣的，其間卻又有一點差異。

長者明白這一點，少年卻還要解釋：「所以我認爲，這位蘭花先生一定也是一個和香帥有極親密，極不尋常關係的人。」

「也是？」長者問：「在這次事件中，還有些什麼人和他有這種關係？」

少年想說話，忽然又閉上了嘴，因爲他也不忍將這個人的名字說出來。

——一個多麼聰明、多麼溫柔、多麼美麗的人？多麼可敬多麼可愛？

在江湖人心目中，這個人幾乎已成為美的化身，有誰忍心毀壞？

少年只能對長者說：

「不管怎麼樣，這個人一定是世上最了解楚香帥的一個人，所以到最後才能把香帥騙到她面前去。」

他還解釋。

「香帥自以爲在最後一步棋中施用了一點詭計，才能找出這位『蘭花先生』的真相，又怎麼知道這不是她意料中的事？」

難道這位「蘭花先生」並非先生，難道她早已了解楚留香那種喜愛冒險的天性，早知他一定會使出這最後一著險棋，早知他一定會出現在她面前的？

她將這次行動命名為「飛蛾行動」。

是不是因為她早已算準楚留香會像飛蛾一樣投入她美麗的火焰中？

「所以不管經過的情況如何，結局總是一樣的？」

少年下結論：「你認爲那是個什麼樣的結局？」

「一個美麗的結局。」

「那些枉死在這次行動的人呢？」

「死的都是些該死的人。」少年說：「這也是這次計劃中最有趣的一部份。」

長者承認：「那位蘭花先生當然不會讓任何人傷害楚留香的，那位郎格絲公主最後當然也只有失望而返！」

他微笑：「公主的腿再長，也打不過蘭花先生的，只能走得比較快一點而已。」

「鐵大爺呢？」

「那個人其實並不是人，只不過是個傀儡而已，一個鐵打的傀儡。雖然比別的傀儡硬一點，可是傀儡就是傀儡，不管用什麼做的都一樣。」

「是的。」

「最有趣的，還是那個割頭小鬼。」

三　結局

關於那個來無影去無蹤的割頭小鬼，江湖傳言是這樣子的。

——有一天，有幾位江湖名俠終於抓住他了，著實的拷問他。

「你爲什麼要割人頭？」

「我不割人頭。」小鬼很鄭重的說：「我只割名人的頭。」

「名人難道不是人？」

「名人和人是有一點不同的。」小鬼說：「名人是一種很特別的人。所以我一定要割下他們的頭來研究研究。」

「有什麼不同？」

「至少他們總有一點和別人不同。」小鬼說：「他們總是會有一些別人沒有的痛苦。」

群俠默然。

也不知道是該殺了這個小鬼，還是放了他，小鬼自己想出了一個辦法。

「你們把我用鐵線、牛筋綁起來，用手銬、腳鐐銬住，再把我鎖到一個鐵箱子裡去，拋入長江。」小鬼說：「如果我死了，我死而無怨，如果我還沒死，就是我的運氣了。」

這個提議立刻被接受。

十天後，終於有人忍不住了，又從長江裡把箱子撈出來，看看這個小鬼死了沒有。

一打開箱了，大家都怔住。箱子居然是空的。

當然也不能說完全是空的，雖然沒有人，卻有一張字條，上面寫著：

「飲不完的杯中酒，割不盡的名人頭。」

全書完

楚留香新傳（六）午夜蘭花

作者：古龍
發行人：陳曉林
出版所：風雲時代出版股份有限公司
地址：10576台北市民生東路五段178號7樓之3
電話：(02) 2756-0949　　傳真：(02) 2765-3799
封面原圖：明人出警圖（原圖為國立故宮博物館典藏）
封面影像處理：風雲編輯小組
執行主編：劉宇青
業務總監：張瑋鳳
出版日期：古龍珍藏限量紀念版2024年6月
ISBN：978-626-7369-85-2

風雲書網：http://www.eastbooks.com.tw
官方部落格：http://eastbooks.pixnet.net/blog
Facebook：http://www.facebook.com/h7560949
E-mail：h7560949@ms15.hinet.net
劃撥帳號：12043291
戶名：風雲時代出版股份有限公司

風雲發行所：33373桃園市龜山區公西村2鄰復興街304巷96號
電話：(03) 318-1378　　傳真：(03) 318-1378
法律顧問：永然法律事務所 李永然律師
北辰著作權事務所 蕭雄淋律師

行政院新聞局局版台業字第3595號 營利事業統一編號22759935

定價：340元　

國家圖書館出版品預行編目資料

楚留香新傳．六，午夜蘭花／古龍 著．　-- 三版.--
臺北市：風雲時代出版股份有限公司，2024.05
面；公分.（楚留香新傳系列）古龍珍藏限量紀念版
ISBN 978-626-7369-85-2（平裝）

857.9　　113002829